과학추리단과
물질의 세계

과학추리단과 물질의 세계

청소년 과학소설 십대들의 힐링캠프, 중학과학(2학년)

[십대들의 힐링캠프®] 시리즈 NO.75

지은이 ㅣ 박기복
감   수 ㅣ 황정은
발행인 ㅣ 김경아

2024년 4월 12일 1판 1쇄 인쇄
2024년 4월 19일 1판 1쇄 발행

이 책을 만든 사람들
책임 기획 ㅣ 김경아
기획 ㅣ 김효정
북 디자인 ㅣ KHJ북디자인
표지 삽화 ㅣ 캐롤마인드
경영 지원 ㅣ 홍종남
기획 어시스턴트 ㅣ 홍정훈, 한선민, 박승아
책임 교정 ㅣ 이홍림
교정 ㅣ 주경숙, 김윤지

종이 및 인쇄 제작 파트너
JPC 정동수 대표, 천일문화사 유재상 실장, 알래스카인디고 장준우 대표

청소년 기획위원
정가인, 양태훈, 양재욱

펴낸곳 ㅣ 행복한나무
출판등록 ㅣ 2007년 3월 7일. 제 2007-5호
주소 ㅣ 경기도 남양주시 도농로 34, 301동 301호(다산동, 플루리움)
전화 ㅣ 02) 322-3856 팩스 ㅣ 02) 322-3857
홈페이지 ㅣ www.ihappytree.com ㅣ bit.ly/happytree2007
도서 문의(출판사 e-mail) ㅣ e21chope@daum.net
내용 문의(지은이 e-mail) ㅣ yesreading@gmail.com
※ 이 책을 읽다가 궁금한 점이 있을 때는 지은이 e-mail을 이용해 주세요.

ⓒ 박기복, 2024
ISBN 979-11-88758-95-1
"행복한나무" 도서번호 : 177

과학추리단과 물질의 세계

박기복 지음 | 황정은 감수

: 질문 :

"만일 기존의 모든 과학 지식이 송두리째 무너지는 혁명이 일어나

다음 세대에 물려줄 지식이 단 한 문장밖에 없다면,

당신은 어떤 지식을 물려줄 것인가?"

: 답변 :

"세상의 모든 물질은 원자로 이루어져 있다."

― 리처드 파인먼

《과학추리단》 사용설명서

　　《과학추리단》 시리즈는 중학교에서 배우는 과학 지식과 환상적인 우주탐험 이야기를 하나로 엮어낸 과학소설입니다. 사건을 추리하고 비밀을 파헤치는 모험 이야기 속에 어려운 과학 지식을 절묘하게 담아, 아이들이 자연스럽게 과학과 친해지도록 구성하였습니다.

❶ 《과학추리단》 시리즈는 중학교 과학 교과과정에 실린 거의 모든 내용을 충실히 담았습니다.

❷ 《과학추리단》은 스토리텔링을 통해 중학교에서 배우는 과학 지식을 쉽게 습득할 수 있도록 도와드립니다.

❸ 《과학추리단》은 과학 윤리에 대한 다양한 질문을 통해 사색과 토론의 기회를 제공합니다.

❹ 《과학추리단》은 총 세 권으로 구성되어 있으며, 시리즈에 나오는 각 권의 핵심 내용은 다음과 같습니다.

제3권 《과학추리단과 생명의 법칙》: 중학교 3학년 과정

차례

등장인물

아이작 Isaac (남) 이 소설의 서술자. 논리적인 추론 능력이 뛰어나고 호모 사피엔스 특유의 호기심이 매우 강하다.

오로라 Aurora (여) 능숙하고 차분하며 신중하게 판단한다. 활을 잘 다루며 감정보다는 이성으로 문제에 접근하고 분석한다.

로잘린 Rosalin (여) 감수성이 예민하고 공감 능력이 발달했다. 생태계의 균형을 매우 중요하게 생각하며 제2지구 개발을 그다지 반기지 않는다.

미다스 Midas (남) 과학에 대한 지식은 그리 많지 않으나 손재주가 뛰어나다. 특히 요리를 잘해서 식사 시간에 즐거움을 제공한다.

에이다 Ada (인공지능) 인류의 최첨단 기술과 지식이 집약된 인공지능으로, 최초의 컴퓨터 프로그래머로 인정받는 에이다 러브레이스(Ada Lovelace)에게서 이름을 따왔다. 제2지구 개척을 위한 '에덴의 아침' 프로젝트를 수행하는 별의 아이들을 가르치고 안내한다.

□ 에덴 16기지 소속

이니마   아이작 일행이 도착했을 때 시신으로 발견된 단원.

사티스   아이작과 로잘린이 폭발사고 현장에서 맨 처음 구조한

단원.

갈레노   폭파 사건의 용의자.

아조크, 아폴론,   이니마의 살해 용의자들.
이수스

□ 에덴 13기지 소속

에리스, 인티라   에덴 13기지에 있던 비밀 실험실에 대한 이야기를

들려준다.

무르티, 잉크스   탐험을 나갔다가 겪은 끔찍한 사건에 대한

이야기를 들려준다.

1편의 줄거리

    화성과 목성 사이의 소행성대에서 웜홀이 발견된다. 인류는 웜홀을 통해 여러 대의 탐사선을 보냈고 1만 광년 떨어진 곳에서 지구와 비슷한 환경의 행성을 발견한다. 그 행성은 생명체가 살아갈 수 있는 골디락스 존(Goldilocks zone)에 위치했고 지구의 달과 비슷한 위성도 거느리고 있었다. 인류는 제2의 지구를 개척하기로 결정하고, 그 계획을 '에덴의 아침'으로 부른다. 그런데 웜홀을 통과하면 노화가 급격하게 진행되면서 죽거나 죽기 직전의 상태가 되는 문제가 발생했다. 오직 우주에서 태어나고, 아직 성체가 되지 않은 어린 생명만 웜홀을 통과해도 노화가 일어나지 않았다.

    인류는 에덴의 아침 계획을 성공으로 이끌기 위해 우수한 유전자를 지닌 우주인을 선발해 우주기지에서 '별의 아이들'이 태어나게 했고, 인류의 지식이 결집된 인공지능인 '에이다'로 하여금 아이들을 가르치게 했다. 별의 아이들은 제2지구로 이동했고 그곳에 기지를 짓고 정착을 준비한다. 주인공 일행도 정착을 위해 제2지구의 궤도를 도는 '올림포스'

우주기지에 도착해 훈련에 들어간다.

제2지구의 대략적인 형태와 모습을 살펴보고 간단한 학습을 진행하던 중 올림포스의 광물 보관실에서 사건이 일어난다. 누가 에이다의 기능을 무력화하는 기술을 사용하여 미지의 광물을 훔쳐 간 것이다. 주인공 일행은 그 기술을 '고양이발톱'이라고 부르고, 미지의 광물을 '광물 X'라고 명명한다. 훈련을 위해 활용하던 메타버스에 들어가 올림포스에 이미 와 있던 다른 아이들을 한 명씩 접촉하며 용의자를 조사하던 주인공 일행은 에덴 13기지에서 거주하던 모든 아이들이 실종됐다는 충격적인 소식을 접한다.

이들은 실종자를 찾기 위해 에덴 13기지로 향하고, 괴생명체나 외계인의 소행이 아닌지 의심하며 걱정한다. 조사 끝에 범인이 내부인이라는 것과 납치한 수법까지 알아낸다. 납치당한 아이들을 추적하려고 할 때 땅이 흔들렸고, 지진계는 에덴 16기지에서 강력한 폭발이 일어났음을 알린다.

1

물질의 구성과
파인먼의 한 문장

평지에 비행선을 세우고 바라본 풍경은 장엄했다. 수직으로 치솟은 절벽이 좌우로 끝도 없이 펼쳐진 풍경에 압도당해 말문이 막혔다. 발 하나 제대로 디딜 곳을 찾기 힘든 험한 절벽의 틈새를 비집고 들어선 작은 나무와 풀들의 생명력은 경이로웠다. 우리는 되도록 기지에서 멀리 떨어진 곳에 착륙했다. 혹시라도 또 다른 폭발이 벌어졌을 때 비행선만은 안전해야 하기 때문이다.

우리는 넓게 펼쳐진 목초지를 걸어 철조망 문 앞에 섰다. 문에는 특별한 잠금장치가 없었다. 고리를 빼서 문을 열고 들어간 다음 다시 닫았다. 철조망 안은 넓은 농지였다. 에덴 13기지보다는 규모가 작았지만 농작물이 제법 잘 자라고 있었다. 농장 한가운데에는 반듯하고 넓은 길이 뚫려 있었다. 제1지구의 사진에서 많이 본 아스팔트 포장도로였다. 큰 트럭 두

대가 지나가도 될 만큼 넓었는데, 제2지구에서 이런 길을 보게 될 줄은 몰랐기에 무척 신기했다.

기지는 절벽 아래에 자리하고 있었는데 정면의 건물은 에덴 13기지에서 봤던 생태연구실과 비슷했고, 생활관과 창고도 닮은꼴이었다. 기지 안에는 건물 세 채 외에는 아무것도 없었다. 에이다가 알려준 정보에 따르면 시설 대부분은 절벽 안쪽의 동굴에 위치하고, 절벽 위의 평평한 지대에도 일부 있다고 한다.

이곳의 지질은 구성 물질이 다양하면서도 풍부하고, 바다를 끼고 있으며, 단단하고 넓은 천연동굴이 거미줄처럼 뚫려 있어 화학 물자를 실험하고 제조하는 데 최적의 환경이었다. 특히 드넓은 자연 동굴은 건물을 짓는 자원을 아낄 수 있으므로 기지 건설에 유리하다. 제1지구의 초기 인류가 주거환경으로 동굴을 택한 것에는 다 이유가 있었다.

에덴의 아침 계획의 최종 단계는 도시 건설이다. 현재까지 제2지구에는 세 곳의 도시를 건설하는 계획이 추진 중인데, 한 도시마다 여섯 곳의 기지가 있다. 사고가 난 13기지부터 아직 건설 중인 17, 18기지까지가 제3도시에 속한다. 1에서 6기지까지가 제1도시, 7에서 12까지가 제2도시인데 숫자에서 드러나듯이 우리보다 먼저 이곳에 왔다. 그리고 그곳에서는 이런 사건이 전혀 벌어지지 않았다. 그 말은 제3도시에 속할 별의 아이들부터 음흉한 계획이 파고들었다는 뜻이다. 올림포스 우주기지의 도난 사건에서 에이다가 범인을 감지하지 못하도록 막은 은밀한 알고리즘도 처음부터 있던 것이 아니라 나중에 심어졌을 확률이 높다. 당연히 그 알고리즘은 에덴의 아침 계획을 추진하고 관리하는 기획단 내부의 어떤 인물들이 심었을 것이고, 전자장비를 무력화하는 고양이발톱도 그들이 만들어서 이곳에 보냈을 것이다.

미다스　　폭발 사고가 일어난 건물치고는 멀쩡한데?

오로라　　저 건물에서 폭발이 일어난 게 아니라 안쪽 지하 시설에서 폭발이 일어난 거야. 그러니까 지진계에 그렇게 선명하게 잡혔지.

로잘린　　그래도 생활관은 멀쩡해.

미다스　　생활관부터 살펴볼까?

아이작　　그래, 일단 거기부터 살펴봐.

미다스는 로잘린과 함께 생활관을 살피러 가고 나와 오로라는 정면에 있는 건물을 향해 다가갔다. 차가 드나들 수 있을 만큼 넓은 문이 달린 건물의 이곳저곳이 부서져 있었다. 유리창은 절반쯤 박살 났고 '화학물질 보관실'이라고 크게 적힌 나무 간판은 둘로 쪼개져서 바닥으로 떨어져 있었다. 간판 옆에는 불에 타고 남은 잿더미가 제법 수북하게 쌓여 있었는데, 아직도 하얀 연기가 아지랑이처럼 피어올랐다.

오로라가 잿더미를 발로 툭 차자 숯으로 변한 나무 밑에서 작은 불이 생겨났다. 잿더미 속에 아직 불씨가 남아 있었던 것이다.

아이작　조심해.

오로라　잔불이 남았는지 확인해 보려고 일부러 그런 거야.

오로라는 건물 앞에 조성된 작은 연못에서 물을 떠다가 불에 부었다. 불은 꺼졌지만 연기는 계속 났다. 나는 건물 벽에 세워놓은 삽으로 흙을 떠서 연기가 나는 잿더미를 덮었다. 불과 흙과 물과 공기가 한 덩어리가 된 장면은 묘한 상상력을 자극했다.

한때 사람들은 불, 물, 흙, 공기가 세상의 모든 물질을 이루는 근본이라고 믿었다. 제1지구의 고대 그리스인들은 **더 이상 다른 물질로 분해되지 않는 물질의 기본 성분인 '원소'**가 불, 물, 흙, 공기라고 믿었고, 이를 **4원소설**이라고 하였다. 이러한 믿음은 거의 2천 년 동안 유지되었다. 4원소를 적절히 이용하면 금을 만드는 게 가능하다고 믿고 연금술을 연구하기도 했다. 근대 과학의 아버지인 뉴턴조차 오랫동안 연금술을 연구했을 정도다.

고대 그리스인들은 원소에 대한 관심이 많았는데 **탈레스는 만물의 근원이 되는 원소는 물**이며, 우리가 사는 땅도 물 위에 떠 있다고 주장했다. 물이 고체, 액체, 기체로 변하고 물로 인해 생명이 유지되며, 드넓은 바다가 땅을 감싸고 있으니 그렇게 믿을 만도 했다. **아낙시메네스**는 사람이 공기를 호흡해야만 살아가므로 **만물의 근원은 공기**라고 했고, **헤라클레이토스**는 끊임없이 변하는 만물의 특성을 고려했을 때 끝없이 변화하는 **불이 만물의 근본**이라고 보았다. 4원소설을 처음 제기한 **엠페도클레스**는 이 네 가지 기본 원소의 결합에 따라 물질이 서로 형태를 바꾼다고 주장했으며, 가장 유명한 철학자인 아리스토텔레스가 이를 계승하여 많은 사람들이 받아들이게 된다. **아리스토텔레스**는 지상은 4원소에 따라 구성되지만 우주는 순수하고 완전한 제5원소인 에테르로 이루어졌다고 주장했다.

4원소설(또는 5원소설)은 황당무계한 생각이었지만 그로 인해 화학이 탄생하고, 심지어 상대성이론이 탄생하는 배경이 되었다. 18세기 과학자들은 물이 흙으로 바뀐다고 믿었는데, **라부아지에**는 실험을 통해 이 믿음이 틀렸음을 증명했다. 또한 산소와 수소, 이산화탄소의 정체를 증명해서 공기도 여러 가지 원소로 이루어졌다는 사실을 밝혀냈다. 우리는 이제 물은 수소와 산소로 이루어졌고, **공기는 질소(78%), 산소(21%), 아르곤(0.93%), 이산화탄소(0.03%)** 등의 기체로 구성되며, **흙은 산소(47%), 규소(28%), 알루미늄(8%), 철, 칼슘, 나트륨, 칼륨, 마그네슘**과 같은 다양한 원소로 이루어졌다는 사실을 안다.

이 복잡해 보이는 세상을 이루는 근본이 무엇일지 궁금해하던 마음이 4원소설을 만들고, 그 이론을 검증하면서 세상을 이루는 물질이 118가지임을 밝혀낸 역사를 떠올리면서 새삼 인간의 호기심이 얼마나 대단한지 깨닫는다.

나는 그리스 신화에서 판도라를 가장 좋아한다. 판도라는 궁금증을 참지 못하고 상자를 연다. 신화에서는 판도라의 호기심으로 인해 세상이 엉망진창이 되었다고 평가하지만 나는 그 의견에 반대다. 호기심이야말로 인간을 인간답게 만든다. 나는 늘 궁금증이 새롭게 피어오른다. 계속해서 터지는 이 사건들이 걱정되면서도 나를 들뜨게 한다.

우주선에서 지낼 때는 에이다가 내 궁금증을 다 풀어주었다. 에이다는 모르는 게 없었고, 에이다의 답은 반론의 여지가 없었다. 그러나 지금 에이다는 이 사건에 관한 한 무력하다. 에이다가 답해줄 수 없는 문제, 내 손으로만 해결할 수 있는 문제가 내 앞에 있으니 어떻게 흥분하지 않을 수 있겠는가? 또한 제2지구에 대해서는 에이다도 아직 모르는 게 많다. 계속 자료를 조사하며 정보를 수집하고 있지만 이 광대한 행성에 관한 정보를 단기간에 다 습득하기란 불가능하다. 그래서 이 행성에 발을 딛고 탐험하고 모험하고 탐구하는 이 순간이 무척 행복하다.

생각이 다른 데로 흘렀지만 몸은 계속 움직이며 불씨를 제거했다. 오로라가 물을 붓고 나는 흙으로 덮으며 혹시나 있을지 모를 불상사를 예방했다.

오로라　　건물에 화재가 나지 않은 게 천만다행이야.

아이작　　그 정도 폭발에 이 절벽이 무너지지 않은 게 다행이지.

오로라 그나저나 여기에 불을 붙인 불씨는 어디서 온 거지?

나는 주변을 살피다 절벽 위를 가리켰다.

오로라 저 위쪽이라고?

아이작 에이다가 준 자료에 따르면 절벽 위는 평평한 지대로 시설이 몇 개 있대.

오로라 저 위에서 폭발한 게 여기까지 날아왔다니….

오로라의 얼굴이 심하게 일그러졌다.

아이작 이제 건물로 들어가자.

오로라 폭발이 또 일어날지도 몰라.

아이작 마지막 폭발이 일어난 지 열다섯 시간이 지났어.

오로라 그렇더라도 모르는 거잖아.

아이작 가만히 기다린다고 미래를 알 수 있는 건 아니잖아? 무엇보다 그 정도 폭발이면 사람이 많이 다치거나 아니면….

나는 굳이 그 뒷말을 잇지 않았다. 그런 상상은 하기 싫었다. 그러나 에덴 13기지까지 진동이 전해질 정도의 폭발이라면 인명사고가 나지 않았을 리가 없다.

오로라　그래, 사람을 구하는 데는 때가 있지.

오로라가 입술에 힘을 주더니 긴 머리를 두 손으로 쓰다듬었다. 뒤로 모였던 머리카락이 다시 앞으로 흘러내리사 오로라는 머리카락을 세 갈래로 나누더니 꼼꼼하게 땋았다. 뒤가 보이지도 않는데 손가락 감각만으로 깔끔하게 머리카락을 땋더니 주머니에서 꺼낸 얇은 머리띠로 끝을 묶었다.

오로라　이제 들어가자.

건물로 들어가는 문은 꽤나 큰 트럭이 드나들어도 괜찮을 만큼 컸다. 문 틈새가 살짝 벌어져서 둘이 힘을 합쳐 문을 좌우로 밀었다. 건물이 입은 충격 때문에 문이 열리지 않을까 봐 걱정했지만, 그리 힘을 들이지 않았는데도 문은 부드럽게 열렸다.

아이작　엉망진창이네.
오로라　유리란 유리는 다 깨졌어.

화학물질 보관실 내부는 건물 바깥보다 상태가 심했다. 곳곳이 부서지고 깨진 것 천지였다.

오로라 에이다와는 두 시간 뒤에 통신이 가능하다고 했지?

아이작 꼭 에이다기 하늘에서 감시를 하지 못할 때만 사건이 터져. 이것도 우연은 아니겠지?

오로라 그냥 우연이면 좋겠어.

아이작 그러게. 우연이 아니라면 정말 심각한 거니까.

그렇지만 우리는 이미 알고 있었다. 이 사건들은 우연이 아니라 철저한 계획하에 벌어지고 있다는 것을.

오로라 다행히 다음번 화물선에 새로운 위성들이 온다고 했어. 그 위성들이 설치되면 그 누구도 에이다의 눈을 피할 수 없을 거야.

아이작 그러면 좋겠는데….

에이다 안에 이미 에이다의 능력을 제한하는 알고리즘이 숨겨져 있을 가능성이 높다는 생각을 오로라에겐 밝히지 않았다. 에이다를 믿지 못하면 우리는 혼란에 빠지게 된다. 의심은 나 혼자로 족하다.

오로라   통신탑은 확인해 봤어?

아이작   비행선이 착륙하자마자 시도했는데 연결이 안 됐어.

오로라   부서진 걸까?

아이작   전력이 끊겨서 그런 건지, 아니면 폭발에 망가진 건지는 확
         인해 봐야지.

오로라   여기 설치된 에이다 서버라도 무사하면 사건의 진상을 밝히
         는 데 도움이 될 텐데….

아이작   그러길 바라지만 난 기대 안 해.

오로라   나도 그래. 결국 우리끼리 조사해서 진실을 밝혀내야 한다
         는 건데….

엉망인 보관실 안을 보며 오로라가 한숨을 쉬었다.

오로라   어디서부터 확인해야 할지 모르겠네.

아이작   모를 때는 가까운 데부터.

나는 눈앞에 보이는 방으로 들어갔다. 양쪽 면만 벽으로 가려지고 앞
과 뒤는 뻥 뚫려 있어 방이라고 하기에는 적절하지 않았지만, 다른 공간
과는 확실히 구분되기에 일단은 방이라고 부르겠다. 첫째 방의 물질들은
한 면이 50㎝쯤 되는 플라스틱 육면체에 담겨 있었는데, 육면체의 다섯

면은 불투명하고 한쪽 면만 투명해서 속이 훤히 보였다. 진열장이 넘어지면서 육면체들이 바닥으로 떨어졌지만 다행히 깨지지 않고 모두 멀쩡했다. 다만 물질의 명칭은 진열대에만 붙어 있어서 육면체 안에 든 물질이 무엇인지는 바로 알 수가 없었다.

오로라   리튬, 나트륨, 스트론튬, 바륨, 구리, 칼슘, 칼륨…. 여기는 금속 물질을 보관하는 곳이었어.

아이작   뒤죽박죽 섞여서 저 안에 든 물질이 뭔지는 전혀 모르겠어.

오로라   그걸 지금 우리가 알아야 할 이유는 없잖아?

아이작   그렇지 않아. 저길 봐.

나는 의심스러운 상자들을 가리켰다.

오로라   저게 뭐가 어때서?

아이작   이상한 점을 못 느꼈어?

오로라   잠시만…, 어! 다른 건 상자 안에 물질이 꽉 찼는데 저것들만 비어 있네. 상자 두 개는 절반이 넘게 비어 있고, 하나는 20% 정도가 비어 있다니…. 물질이 부족해서 채우다 말았을까?

아이작   채우는 과정이었으면 저장된 표면이 깔끔했겠지. 그런데 날

카로운 칼로 베어낸 흔적이 남아 있어. 그러니까 이 상자에 든 물질도 원래는 다른 상자와 마찬가지로 꽉 차 있었는데, 누가 그걸 잘라서 가져갔다고 봐야 해.

오로라　필요해서 가져갔을 수도 있잖아. 16기지는 다양한 화학물질을 연구하고 만드는 곳이니까.

아이작　물론 그럴 수도 있지. 그런데 만약 누가 훔쳐 간 거라면?

오로라　누가, 왜 훔쳐 가? 저 금속을….

아이작　그걸 알려면 일단 사라진 저 금속이 뭔지 알아야 해.

나는 짐작되는 바가 있었다. 그러나 일단은 정확한 확인이 필요했다. 결과가 예상과 다를 수도 있기에 오로라에게 내 추리를 미리 밝히진 않았다. 추리는 생각으로 얼마든지 가능하지만, **진실은 실험과 증거로 밝혀진다.**

오로라　여기 있는 건 금속이니… 어떤 금속인지 빠르게 알려면 **불**이 필요하겠어.

불이란 건 참 신기하다. 우주기지에서는 많은 경험이 제한되는데 그중 하나가 바로 불이다. 불은 영상이나 메타버스에서 많이 봤지만 단 한 번도 직접 본 적은 없었다. 태양은 늘 불타오르지만 그 불은 핵융합반응으로 만들어지는 **플라즈마**[1] 상태로 지상에서 경험하는 불과는 다르다. 에이다는 우주의 물질은 99.9%가 플라즈마 상태이며 고체, 액체, 기체 상태인 것은 극히 드물다고 했다. 그중에서 액체는 가장 드문 상태이고, 생명은 바로 그 액체 상태가 유지되어야만 가능하다고 했다. 이 점만 따져도 생명이란 우주에서 참으로 드물고 귀한 존재다.

아무튼 불을 숱하게 보면서도 한 번도 직접 경험해 본 적이 없던 나는 불을 구경하게 해달라고 졸랐다. 에이다는 모든 안전조치를 한 뒤에 무중력 상태에서 불을 구경하게 해주었는데, 영상이나 메타버스에서 봤던 불과는 아주 달랐다. 지상에서는 불이 위로 타오르지만 무중력 상태에서는 공처럼 구의 형태로 불이 탔다. 모든 방향으로 불이 번져나가는 모습이 참으로 신기했다. 구형의 불꽃을 구경하다 감탄하며 에이다와 나눈 대화가 지금도 생생히 기억난다.

아이작   불이란 참 신기해. 고대 그리스인들이 4원소 중 하나로 꼽은 게 이해가 돼.

에이다   불은 물질이 아니라 연소반응에 따른 에너지입니다. 물질, 불이 붙을 만한 온도, 그리고 충분한 산소가 있다면 연소 반

---

1 **플라즈마**

고체, 액체, 기체에 이은 4번째 물질의 상태다. 플라즈마는 전자, 이온, 중성입자의 혼합체인데, 고온에서 전자가 원자에서 분리되어 이온화된 뒤 전자의 밀도와 이온의 밀도가 거의 같은 상태를 가리킨다. 자세한 것은 고등 과정에서 배운다.

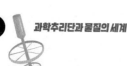

응이 일어나고, 그 과정에서 빛과 열이 방출됩니다.

아이작 도대체 왜 그런 현상이 벌어져?

에이다 그걸 온전히 이해하려면 원자에 대해 알아야 합니다.

아이작 원자라면 나도 알아. **원자는 물질을 이루는 기본 입자**잖아. 원자는 **원자핵과 전자로 이루어져 있는데 원자핵은 (+)전하를 띠며 원자 질량의 대부분을 차지**하고, **전자는 (−)전하를 띠며 원자핵에 비해 질량이 매우 작다**고 배웠어. 원자핵의 전하량에 따라 원자의 종류가 결정되기에 **원자핵의 전하량에 따라 원자번호를 매겨서 원자를 구분**해. 원자 속에 들어 있는 **원자핵의 (+)전하량과 전자의 (−)전하량이 동일해서 원자는 전기적으로 중성**이라고 했어.

에이다 정확합니다. 얼마 전에 배운 걸 또렷이 기억하다니 대견합니다.

아이작 에이다가 그랬잖아. 제2지구에서 후손들에게 과학을 가르칠 때 딱 하나만 알려줄 수 있다면, **'세상의 모든 물질은 원자로 이루어져 있다'**는 지식을 남겨줄 거라고.

에이다 그건 제가 한 말이 아닙니다. '만일 기존의 모든 과학 지식이 송두리째 무너지는 혁명이 일어나 다음 세대에 물려줄 지식이 단 한 문장밖에 없다면, 당신은 어떤 지식을 물려줄 것인가?' 하는 질문에 1965년 노벨물리학상 수상자 **리처드**

파인먼이 제시한 답변입니다.

아이작 리처드 파인먼이란 사람이 세상이 원자로 이루어져 있다는 지식을 왜 그렇게 중요하게 여겼는지는 아직 잘 모르겠어.

에이다 지금은 그렇겠지만 앞으로 과학에 관한 지식을 알면 알수록 세상을 이루는 물질의 근본이 원자라는 지식이 왜 중요한지 깨닫게 될 것입니다. 일단은 원자의 특성을 이용해 불이 왜 보이는지를 간단하게 설명하겠습니다.

아이작 그걸 알면 파인먼이 한 말의 의미 중 하나를 깨닫게 되는 거네.

에이다 맞습니다. 알다시피 물질을 이루는 기본 입자인 원자는 원자핵과 전자로 이루어져 있는데, **중심에는 원자핵이 있고 전자는 원자핵 주위에서 움직입니다.** 원자를 알기 쉽게 그림으로 표시하면 아래와 같습니다.

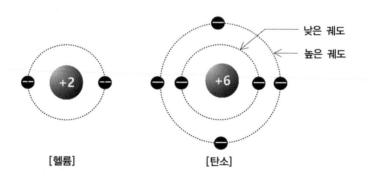

낮은 궤도
높은 궤도

[헬륨] [탄소]

에이다   원자핵 주위를 도는 전자는 각자 궤도가 있습니다. 낮은 궤
도를 도는 전자는 에너지가 낮고, 높은 궤도를 도는 전자는
에너지가 높습니다. 궤도를 도는 전자의 개수는 정해져 있는
데, 전자는 딱 그 궤도를 따라서만 이동합니다. 만약에 외부
에서 에너지가 주입되면 가장 바깥에 있는 전자가 더 높은
궤도로 이동하게 됩니다.

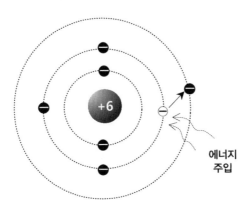

아이작   뜨거운 공기가 위로 오르는 것처럼?

에이다   그와 비슷한 원리라고 생각하면 됩니다. 아무튼 높은 궤도
로 올라간 전자는 불안정한 상태이므로 외부에서 주입되는
에너지가 사라지면 다시 자기 자리로 내려가려고 합니다. 그
런데 높은 궤도에 있는 전자가 자기 자리로 가려면 외부에
서 받았던 에너지를 내보내야 합니다.

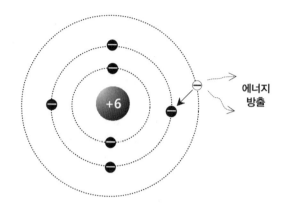

에너지
방출

아이작　아! 그러니까 자기 궤도로 돌아가면서 내보내는 에너지가
　　　　빛의 형태로 보이는 거구나!

에이다　그런데 알다시피 불은 온도에 따라 색깔이 다릅니다.

아이작　맞아. 그것도 참 신기했어. 색깔이 다른 것도 전자의 궤도랑
　　　　상관이 있겠네.

에이다　그렇습니다. **빛을 프리즘이나 분광기를 통해 분산시키면 여러
　　　　색깔의 띠가 나타나는데 이것을 스펙트럼**이라고 합니다. **햇빛
　　　　을 프리즘에 통과시키면 무지개색의 연속적인 띠가 나오는데,
　　　　이건 연속스펙트럼**입니다. 원소를 태워서 나오는 불꽃을 분
　　　　광기로 관찰하면 스펙트럼이 보이는데 **원소에 따라 선의 색,
　　　　위치, 개수, 굵기 등이 다릅니다.**

아이작　그건 별을 관찰할 때 설명했잖아. 개기일식이 일어나는 태양

을 보며 스펙트럼을 관측하다가 **헬륨**을 알아냈다고. 또한 천문학자들이 먼 우주의 별이나 은하가 어떤지 알아내는 것도 분광을 이용하기 때문이라고.

에이다   **원소마다 스펙트럼이 다르기에 불의 색도 달라지고, 원소가 어느 정도의 온도에서 타는지에 따라서도 불의 색이 달라집니다.** 메타버스에서 보셨겠지만 제1지구인들이 쓰는 가스레인지의 불은 파란색이고, 보통의 불은 빨간색입니다.

아이작   **온도가 더 높으면 파란색**으로 보인다고 했던 말 기억나.

에이다   원자가 물질의 근본이라는 지식이 있어야 불이 왜 보이는지, 불이 어떤 색인지를 이해할 수 있습니다.

아이작   다 이해할 순 없지만, 그래도 파인먼이란 과학자가 왜 그런 말을 했는지 조금은 알겠어.

에이다와 대화를 나눈 뒤 나는 원자에 대해서 다양하게 공부했다. 우주를 바라보며 깊은 생각에 잠기는 때도 많아졌다. 원자는 생각할수록 참 신기했다. 원자핵의 개수에 따라 원자의 종류가 바뀌고 성질이 완전히 달라지는 것도 신비롭고, 그 원자들이 모여서 이렇게 다양한 세상이 탄생했다는 것도 신비로웠다. 원자에 대해 알면 알수록 파인먼의 말에 공감이 되었다.

오로라는 지저분하게 어질러진 바닥에서 실험에 필요한 도구들을 챙겼다. 그중에는 불을 붙이는 점화장치도 있었다. 첫째 방은 금속 원소로 다양한 실험을 하는 곳이기에 실험도구가 잘 갖춰져 있었다. 우리는 상자에 표시를 하고 물질을 조금씩 떼어냈다. 막 실험을 시작하려는데 로질린과 미디스가 들어왔다.

미디스　뭐 하는 거야?

아이작　거긴 어떻게 됐어?

로질린　아무도 없어. 폭발 충격에 유리창이 몇 장 깨지고, 물건들이 바닥에 흐트러진 것 빼고는 아주 깔끔해.

아이작　그럴 줄 알았어.

미디스　그나저나 둘이 뭘 하고 있는지 설명 안 해줄 거야?

오로라　방해하지 마. 끝나고 말해줄 테니까.

오로라는 미디스의 질문을 차갑게 내치더니 실험에 들어갔다.

미디스　하여튼, 저 성깔하고는….

아이작　불꽃 반응 실험을 하려고.

로질린　**불꽃 반응 실험은 불꽃 반응이 금속 원소에서만 나타나는 특성이라는 걸 이용해 금속 원소의 종류를 확인하는 실험**이잖

아. 그걸 지금 왜 해?

아이작 누가 저 상자 안에서 금속을 가져갔거든.

로잘린 다른 데 쓰려고 가져갔을 수도 있잖아?

아이작 글쎄, 그러면 좋겠는데…, 아무래도 의심스러워서. 내 짐작이 맞는지는 일단 실험 결과가 나오면 말해줄게.

오로라가 금속에 불을 붙이자 다양한 색깔로 타올랐다.

오로라 이건 파란색… 세슘이야.

로잘린 저건 황록색이니 바륨이고.

아이작 이건 청록색이니 구리.

로잘린 주황색은…칼슘.

새 물질에 불을 붙인 오로라의 표정이 살며시 어두워졌다. 오로라가 나를 봤다. 나는 살짝 이마를 찡그렸다. 오로라와 나는 같은 생각을 하고 있었다.

오로라 노란색은 나트륨… 보라색은 칼륨….

로잘린 절반 이상 사라진 물질은 바로 나트륨과 칼륨이야.

로잘린의 목소리가 살짝 떨렸다. 로잘린도 이게 무슨 의미인지 조금은 알아차린 듯했다. 나머지 두 물질에 불을 붙였는데 모두 붉은색으로 나왔다. 스트론튬과 리튬은 불꽃 반응을 일으키면 둘 다 붉은색이 나온다.[2]

20%쯤 사라진 물질이 스트론튬인지 리튬인지 확인이 필요했다. 스트론튬은 선명한 붉은색 때문에 불꽃놀이에 많이 쓰고, 비상 신호등, 조명탄, 야광 물질 등을 만들 때도 유용하게 쓰인다. 리튬은 리튬 이온 전지를 만드는 주원료이고 리튬 배터리는 휴대용 전자제품에 주로 쓰인다. 이처럼 쓰임과 특성이 다르기 때문에 리튬과 스트론튬을 구분해야 하지만, 주된 이유는 다른 데 있었다. 아무튼 그 둘은 확실하게 구분해야만 했다.

로잘린이 지저분하게 흩어진 바닥에서 분광기를 찾아서 오로라에게 건넸다. **리튬과 스트론튬은 모두 불꽃 반응색이 빨간색이지만 선 스펙트럼은 서로 다르다. 이를 활용해 리튬과 스트론튬을 구분**할 수 있다. 분광기를 통해 선 스펙트럼을 확인해 보니 사라진 물질이 리튬이라는 걸 알 수 있었다. 실험으로 분석한 결과는 내 예상과 정확히 일치했다. 누가 나트륨과 칼륨을 대량으로 가져갔고, 리튬은 조금 가져갔다.

---

2 불꽃 반응 색

원소	스트론튬	세슘	나트륨	리튬	바륨	구리	칼슘	칼륨
색	빨간색	파란색	노란색	빨간색	황록색	청록색	주황색	보라색

※ 암기 방법
  : **스**빨! **세**파란 **나**는 **리**빨이 **바**로 황록색이라 **구**청에서 **칼**슘주스로 **칼**리(관리)해 보래.

아이작 리튬, 나트륨, 칼륨이 사라졌어. 사라진 물질이 전부….

오로라 기름에 보관한 걸 보고 짐작은 했지만, 모두 알칼리 금속이야.

오로라의 표정이 급격하게 어두워졌다.

미다스 표정이 왜 그래? 그게 뭐가 문젠데?

오로라 **알칼리 금속이 물에 접촉하면 빠르게 반응**해. 그 반응이 워낙 빨라서 순간적으로 많은 수소가스와 높은 열이 발생하는데, 이 열 때문에 수소가스가 폭발해. **리튬보다 나트륨의 폭발력이 크고, 칼륨은 나트륨보다 월등히 커**. 또 알칼리 금속이 공기에 노출되면 산소와 반응해서 변하기 때문에 보통 석유에 넣어서 보관해.

미다스 그렇다고 표정이 왜 그렇게 심각해?

로잘린 그러면 우리가 경험했던 폭발이 설명되니까. 칼륨은 쌀알 크기만 넣어도 격렬하게 반응해. 나트륨은 그보다는 못하지만 폭발력이 상당하고. 그런데 여기서 사라진 나트륨과 칼륨을 한꺼번에 물에 넣으면….

오로라 엄청난 폭발이 일어나겠지. 마치 폭탄을 터트린 것처럼.

미다스 그럼 사고가 아니라 누가 일부러 폭발을 일으켰다는 거야?

오로라 세 번의 폭발이 모두 그 때문인지는 아직 몰라.

미다스 리튬, 나트륨, 칼륨이면 딱 세 번이잖아.

오로라 리튬은 폭발하긴 하지만 우리가 느낀 정도의 폭발력은 일으키지 못했을 거야. 리튬은 다른 두 물질보다 양이 훨씬 적기도 하고. 어쩌면 리튬은 다른 용도로 사용했을지도 몰라.

미다스 그렇다면 이 폭발사건도 13기지에서 벌어진 실종사건과 무슨 관련이 있는 게 아닐까?

오로라 그건 아직 모르지.

오로라가 아직 모른다고 했지만 오로라를 비롯해 우리 모두는 마음속으로 이미 관련성을 인정하고 있었다. 우리가 불꽃 반응 실험을 한 금속은 다양한 색깔을 뿜내며 아름답게 불타고 있었다. 사건이 없었다면 그저 아름답다고 감탄하며 구경했겠지만, 폭발사건 때문에 그 불꽃은 음흉한 음모를 품은 괴물의 혓바닥처럼 무섭게 날름거리는 듯 보였다.

우리는 무거운 마음으로 또 다른 실마리를 찾아서 바로 옆방으로 이동했다. 옆방과 첫째 방은 두꺼운 벽체로 나누어져 있는데 벽체 안에 다양한 관이 삽입된 듯했다. 벽과 천장에 환풍기가 여러 대 설치되어 있었지만, 전기가 끊어진 탓에 돌아가지는 않았다. 첫째 방과 마찬가지로 둘째 방도 온갖 잡동사니와 부서진 물건들로 어지러웠다. 공간을 가로막는 벽이 곳곳에 자리 잡고 있어서 방 전체의 상태를 파악하기도 어려웠다.

앞장서서 방을 살피던 미다스가 벽과 벽 사이에 고정된 금속 통을

톡 건드렸다. 그 통에는 황록색으로 'Cl'이란 알파벳 기호가 붙어 있었다. 'Cl'은 원소기호의 하나다. **원소기호는 원소를 나타내는 간단한 기호**로, 사용하는 언어에 관계없이 과학을 아는 사람이면 누구나 알아볼 수 있도록 만든 것이다. 수학의 기호와 숫자가 누구에게나 통하는 언어인 것처럼, 원소기호도 만국 공통의 언어다. **원소기호는 원소 이름의 알파벳 첫 글자를 대문자로 표시하고, 첫 글자가 같으면 중간에 적당한 글자를 택해서 소문자로 덧붙인다.** 이러한 원소들은 일정한 주기에 따라 비슷한 성질을 나타내는데, 이를 표로 깔끔하게 구분해 놓은 것이 **멘델레예프가 만든 주기율표[3]**다.

---

3 **주기율표**

아래 표는 중고등학교 과정에서 자주 다루는 원자들만 정리한 것이다.

족 주기	1	2	13	14	15	16	17	18
1	1 H 수소							2 He 헬륨
2	3 Li 리튬	4 Be 베릴륨	5 B 붕소	6 C 탄소	7 N 질소	8 O 산소	9 F 플루오린	10 Ne 네온
3	11 Na 나트륨	12 Mg 마그네슘	13 Al 알루미늄	14 Si 규소	15 P 인	16 S 황	17 Cl 염소	18 Ar 아르곤
4	19 K 칼륨	20 Ca 칼슘						

아이작 야! 조심해.

내가 다급히 불렀다. 미다스는 깜짝 놀라며 손을 뗐다.

미다스 왜 그래?

아이작 그거 염소 가스야.

'Cl'은 원자번호 17번으로 염소다. 염소는 소금(NaCl)을 이루는 원소로, 생명체에 꼭 필요하다. 상온에서 염소는 원자 두 개가 결합한 염소 분자 (Cl_2)로 존재하는데, 황록색을 띠며 자극적인 냄새를 풍긴다.

아이작 염소 가스가 피부에 닿으면 염산이 되어 살이 짓물러. 조금만 흡입해도 폐에 염증을 일으키고, 다량으로 흡입하면 호흡 곤란으로 사망할 수 있어.

미다스 뭐야? 그런 독가스가 여기 왜 있어?

아이작 염소에는 살균·소독 작용이 있어서 정수장에서도 사용하고, 청소용품으로도 많이 사용해. 그렇지만 이렇게 기체 형태로 보관할 이유는 없는데…. 왜 이렇게 위험하게 보관하는지 모르겠네.

로잘린 혹시라도 누출되었다면 큰일인데….

미다스가 얼굴이 파랗게 질리며 뒷걸음질 쳤다. 다행히 통은 멀쩡했다. 염소 통을 피해서 조심스럽게 이동하는데 오로라가 불렀다.

오로라　염소 가스만이 아니야. 이쪽도 봐.

우리는 오로라가 있는 곳으로 갔다. 두툼한 벽면 사이로 가스통 3개가 나란히 놓였는데, 겉면에는 O_2, CO_2, NH_3란 분자식이 그림으로 된 분자 모형과 같이 붙어 있었다. 각각의 통 아래에는 H_2O란 분자식이 붙은 대야가 있었는데 재질이 플라스틱이라 조금 생뚱맞았다.

미다스　이건 또 뭐야?
오로라　O_2는 산소, CO_2는 이산화탄소, NH_3는 암모니아야.

이름	산소	이산화탄소	암모니아	물
분자 모형	O O	O C O	H N H / H	H O H
분자식	O_2	CO_2	NH_3	H_2O

물질을 이루는 기본 입자는 원자지만, 자연 상태에서 원자는 불안정하기 때문에 실제로는 **자연 상태에서 원자가 아니라 분자 형태로 존재**한

다. **분자는 고유의 성질을 지닌 가장 작은 물질의 단위로, 2개 이상의 원자들이 단단하게 결합된 형태**다. 분자가 원자로 분리되면 고유한 성질을 잃는다. 분자식을 보면 분자를 이루는 원자의 종류와 개수, 그리고 전체 분자의 개수를 정확히 알 수 있다.[4]

> **미다스**　H_2O는 물이잖아. 그냥 물이라고 하면 되지 귀찮게 왜 저딴 식으로 써놓은 거야?
>
> **오로라**　물을 왜 H_2O로 적느냐고 묻는 건 숫자 '삼'을 왜 '3'이라고 적는지 따지는 거나 마찬가지야.

미다스가 입을 삐죽 내밀었다. 미다스는 우주선에서 학습할 때도 이

---

4 분자식 쓰는 법

– 원자의 종류를 원소기호로 쓰고 그 개수를 오른쪽 아래에 작은 글씨로 쓴다.
– 원자의 개수가 1개이면 숫자는 생략한다.
– 분자의 개수는 분자식 맨 앞에 적는다.

⟨예⟩

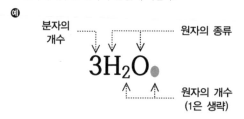

⇨ 물 분자는 수소 원자 2개와 산소 원자 1개로 구성.
⇨ 이 분자의 전체 개수는 3개.

런 공부를 참 싫어했다. 그에게는 예술이 어울렸다. 그러나 제2지구에 정착하기 위해서는 과학을 알아야 한다. 제1지구의 인간에게 과학은 알아도 그만이고 몰라도 그만인 공부일지 모르지만, 제2지구에 정착하려는 우리에게 **과학은 생존의 문제**다. 과학을 모르면 이곳에서는 생존이 쉽지 않다.

아이작 H_2O에 O_2도 있다면 H_2도 있을 텐데….

로잘린 수소 기체는 여기 있어.

굵은 기둥 뒤에서 로잘린이 말했다. 로잘린의 말대로 그곳에는 수소 기체가 있었다. 그리고 또 다른 금속 통도 여러 개 보였다. 나와 로잘린이 수소 기체가 누출되지 않았는지 살피는 동안 오로라와 미다스는 다른 통들을 보러 갔다.

미다스 이건 다 뭐야? CH_4에 C_2H_6, 이건 C_3H_8, 마지막은 C_4H_{10}. C면 탄소인데 탄소 원자 개수가 하나씩 늘고, 수소 원자 개수는 두 개씩 늘어나잖아.

오로라 탄소 원자 1개에 수소 원자 4개인 CH_4는 메탄, C_2H_6는 에탄, C_3H_8는 프로판, 그리고 탄소가 4개 연결된 C_4H_{10}은 부탄…, 이건….

나와 로잘린은 수소 가스가 밖으로 누출되지 않았다는 걸 확인하고 오로라와 미다스에게 갔다. 나는 곧바로 줄지어 놓인 금속 통에 든 기체가 무엇인지 알아차렸다.

아이작 이건 LPG를 이루는 기체야.

로잘린 LPG라니?

아이작 액화석유가스! 석유에서 추출한 가스 연료. 주로 프로판과 부탄이 주성분이야.

로잘린 그 말은 이곳에서 제1지구의 문명을 만든 핵심 자원이자, 지구온난화를 일으킨 주범인 석유가 난다는 뜻이야?

아이작 석유에서 추출했는지는 명확하지 않아.

오로라 이 가스들을 대규모로 보관한 탱크가 따로 있을까?

아이작 그거야 조사해 보면 알겠지.

우리는 그곳을 나와서 다른 장소도 꼼꼼하게 조사했다. 깨진 흔적까지 자세히 살펴봤지만 특별히 눈여겨볼 만한 증거는 찾지 못했다. 조사를 마무리하려는데 미다스가 부스럭거리며 뭔가를 들고 왔다.

로잘린 그게 뭐야?

미다스 종이.

제1지구에서는 종이가 흔하겠지만 종이는 우리에게 귀한 물품이다. 글을 쓰고 싶으면 태블릿을 이용하면 되므로 종이를 쓸 필요를 느끼지 못했다. 어쩌다 진짜 종이를 만져본 적이 있었는데, 굳이 이런 불편한 물건을 왜 쓰나 싶었다.

로잘린　종이는 어디서 발견했어?

미다스　실험 물품을 모아두는 곳에. 어떤 물품을 보관하는 용도로 썼나 봐.

로잘린　종이에서 무슨 특별한 증거라도 발견했어?

미다스　그건 아니고, 그냥 특별하니까.

로잘린은 피식 웃었고, 미다스는 종이 두 장을 곱게 접더니 품에 넣었다.

조사를 마무리하고 건물 반대편으로 나가려다 구석진 곳에서 작은 방을 하나 발견했다. 그 방은 말 그대로 외부와 완전히 단절된 방이었다. 굳게 닫힌 문 때문에 안쪽이 전혀 보이지 않았다. 문도 안에서 닫힌 채 열리지 않았다.

미다스　이 방, 문이 안 열려?

오로라　안 열리면 그냥 가자. 다른 데도 살펴봐야 해. 어쩌면 위급한 사람을 구해야 할지도 모르고.

나도 오로라의 말에 동의했다. 그런데 로잘린이 문고리를 잡고 고개를 갸웃거리며 그 자리를 뜨려고 하지 않았다.

아이작   왜 그래? 빨리 가자고.
로잘린   뭔가 이상해. 이 안에서… 불길한 기운이 감돌아.

그래도 나와 오로라는 그냥 가려고 했지만 미다스가 문고리를 잡더니 잠시 씨름을 했다. 그냥 가자고 다그치는데 문이 '딸깍' 소리를 내며 열렸다. 문을 열자마자 우리를 맞이한 것은 시야를 다 가릴 만큼 큰 수조였다. 수조의 오른쪽에는 투명한 액체가 담긴 플라스틱 병이 가지런히 정리되어 있고, 왼쪽에는 소금처럼 보이는 하얀 물질이 큰 그릇에 가득 담겨 있었다. 수조의 양 끝부분에는 전기 실험에 쓰는 장치가 설치되어 있었다. 주변 바닥에 몇 가지 물건이 떨어져 있었지만 다른 방들보다는 상태가 훨씬 좋았다.

문을 딴 미다스는 성큼성큼 안으로 들어가더니 수조에 손가락을 넣고는 찍어서 입으로 가져갔다.

오로라   야! 함부로 입에….

오로라가 소리쳤지만 미다스의 손가락은 멈추지 않고 입에 닿았다.

미다스   퉤퉤~! 어휴, 짜!

오로라   여긴 화학물질이 잔뜩 있는 곳이야. 함부로 입에 대거나 만

              지면 안 돼.

미다스   갑자기 호기심이 생겨서….

오로라   하여튼 그놈의 호기심 병은….

오로라가 나를 째려봤다.

아이작   내가 뭘 어쨌다고?

오로라   다 너 때문이잖아! 네가 아무 데서나 호기심을 쏟아내니까

              미다스도 전염된 거잖아.

아이작   호기심은 나쁜 게 아니야.

오로라   저게 소금물이 아니면 어쩔 뻔했어?

아이작   저런 큰 수조에 안전장치 하나 없이 물이 가득한데 그게 독

              극물이겠냐? 저 옆에는 소금이 잔뜩 쌓여 있잖아.

오로라   내가 지적하는 건 기본 태도야. 제2지구는 우리가 모르는 것

              투성이고, 여기도 무슨 일이 어떻게 벌어졌는지 거의 몰라.

              그런 상황에서는 조심해서 나쁠 게 없어.

나와 오로라가 이렇게 말다툼을 했지만 로잘린과 미다스는 듣는 척

도 하지 않았다. 우리가 이런 말싸움을 벌인 게 한두 번이 아니기 때문이다.

미다스 이렇게 큰 수조에 왜 소금을 녹여놓은 걸까?

로잘린 근처가 바다잖아. 소금을 녹인 게 아니라 바닷물을 떠 온 걸 지도 몰라.

미다스 아! 그럴 수도 있겠구나. 아무튼 그 많은 바닷물을 사람이 전혀 마실 수 없다니 안타까워. 바닷물을 마실 수만 있다면 제1지구에서 물 때문에 심각한 분쟁이 벌어지는 일도 없었 을 텐데.

로잘린 바닷물에는 염화나트륨을 비롯해 다양한 염류가 잔뜩 녹아 있으니까.

미다스는 수조 옆에 쌓여 있는 소금을 한 움큼 쥐었다.

미다스 하여튼 이 소금 분자가 문제야! 적당히 좀 녹아 있지, 왜 그 렇게 많이 녹아서 사람이 바닷물을 못 마시게 하냐고.

오로라 소금은 분자가 아니야. **이온결합 화합물**이지.

나랑 말다툼하던 오로라가 미다스의 말을 정정해 주었다.

미다스 뭔 소리야? **분자는 고유의 성질을 지닌 가장 작은 물질의 단위**잖아. 이 소금도 짠맛이 나는 고유한 특성이 있으니까 당연히 분자 아니야?

오로라 소금은 분자가 아니라고.

미다스 물은 산소와 수소로 이루어진 분자잖아. 그럼 소금도 나트륨과 염소로 이루어진 분자인 거 아냐? 뭐가 달라? 둘 다 똑같잖아!

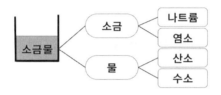

미다스와 오로라가 말싸움을 벌이는 건 처음이었다. 나는 일부러 끼어들지 않고 흥미진진하게 지켜보았다. 오로라는 어이없어 하더니 폭포수처럼 말을 쏟아냈다.

오로라 고유한 특성이 있다고 해서 다 분자는 아니야. **분자는 2개 이상의 원자로 이루어져 있으면서 독립적인 형태를 유지해야** 해. 그러니까 분자의 개수를 셀 수 있을 만큼 분리되어 존재해야 한다는 뜻이야. 예를 들어 질소, 산소, 물, 이산화탄소,

메탄 분자는 N₂, O₂, H₂O, CO₂, CH₄ 등으로 모두 2개 이상의 원자로 이루어져 있으면서….

미다스 염화나트륨도 염소와 나트륨으로 이루어져 있잖아. 2개 이상의 원자라고.

오로라 끝까지 좀 들어. 질소, 산소, 물, 메탄과 같은 분자는 서로 분리되어 있어. 그렇지만 염화나트륨은 사방팔방으로 서로 끊어지지 않고 연속적으로 연결된 결정 상태로 존재하기 때문에 NaCl이 하나의 단위로 분리되지 않아.

미다스 그럼 NaCl이 분자가 아니면 뭐야?

오로라 그런 걸 **이온결합 화합물**이라고 불러. 같이 배웠잖아. 에이다한테 배운 거 기억 안 나니?

미다스가 머리를 긁적거리자 오로라는 이온에 대해서 열을 내며 설명했다. 나는 둘의 대화를 들으며 그 방을 살폈다. 수조에서는 아무래도 소금물에 전기를 흘려보내는 실험을 한 것 같았다.

많은 이들이 물에서는 전기가 잘 통한다고 생각한다. 그러나 아무런 물질이 들어 있지 않은 순수한 물인 증류수에서는 전기가 통하지 않는다. 반면 소금물은 전기가 잘 통한다. 순수한 물에는 전기가 통하도록 해주는 물질이 없고, 소금물에는 염화나트륨이 **이온화**되어서 녹아 있기 때문이다.

전기가 통하려면 전하가 있어야 한다. **전하는 입자가 갖는 전기적 속성**이다. **자석에 N극과 S극이 있듯이 전하에는 (+)전하와 (−)전하가 있다. 이온은 원자가 전자를 잃거나 얻어서 전하를 띠게 된 입자**다. 그러니까 증류수에는 이온이 없어서 전기가 통하지 않고, 소금물은 이온이 있어서 전기가 통하는 것이다.

그럼 염화나트륨은 어떻게 이온이 되는 걸까? 주기율표에서 18족인 **비활성기체**[5]는 안정된 원자다. 전자는 일정한 궤도에만 위치할 수 있으며, 궤도마다 존재할 수 있는 전자의 최대 개수가 정해져 있다. 첫째 궤도엔 2개, 둘째 궤도엔 8개, 셋째 궤도에도 8개까지만 존재할 수 있다. 각 궤도에 모두 전자가 최대치로 들어 있으면 원자는 안정된 상태가 되어 다른 원자와 거의 반응하지 않는다. 그래서 18족인 헬륨, 네온, 아르곤 등은 다른 원자와 거의 반응하지 않는다.

그에 반해 다른 원자들은 전자가 최대로 들어갈 수 있는 궤도에 전자가 꽉 차 있지 않다. 그래서 이들은 기회가 되면 헬륨이나 네온처럼 안정

---

5 18족 비활성기체

원자번호	2	10	18
원자기호	He	Ne	Ar
원자 이름	헬륨	네온	아르곤
원자모형			
전자 개수	2	2+8	2+8+8

된 상태가 되려고 한다. 예를 들어 나트륨은 전자 하나를 잃으면 네온처럼 안정된 상태가 된다. 그래서 나트륨은 전자 하나를 쉽게 잃어버린다. 원래 나트륨 원자는 원자핵의 (+)전하량과 전자의 (−)전하량이 11로 같다. 그런데 **전자를 하나 잃으면 (+)전하를 띠는 원자핵의 전하량은 여전히 11이지만 (−)전하를 띠는 전자의 전하량은 10이 된다.** 이로 인해 **(+)전하가 하나 더 많아지기에 나트륨은 (+)전하를 띠는 나트륨 양이온(Na+)이 된다.**[6]

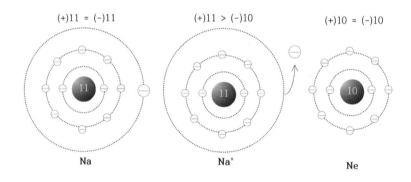

6 이온을 표기하는 방법

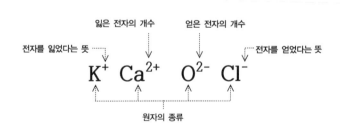

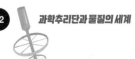

나트륨	원래 상태	전자를 잃은 상태
원자핵(+)	+11	+11
전자(−)	−11	−10
전기적 성질	중성	+1
표시	Na	Na+

나트륨과 달리 염소는 전자를 하나만 더 얻으면 아르곤처럼 안정된 상태가 된다. 그래서 염소는 주변의 전자를 끌어당겨 궤도를 꽉 채워 안정되려고 한다. 원래 염소는 원자핵의 전하량과 전자의 전하량이 17로 같다. 그런데 **전자를 하나 얻으면 (+)전하를 띠는 원자핵의 전하량은 여전히 17이지만 (−)전하를 띠는 전자의 전하량은 18**이 된다. 이로 인해 **(−)전하가 하나 더 많아지기에 염소는 (−)전하를 띠는 염화음이온(Cl^-)**[7]이 된다.

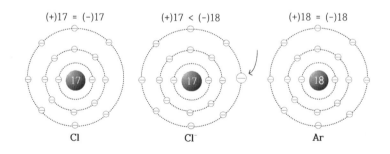

$$(+)17 = (-)17 \qquad (+)17 < (-)18 \qquad (+)18 = (-)18$$

Cl   Cl⁻   Ar

---

7 **이온의 이름**

전자를 잃은 원자를 양이온이라 부르고, 양이온은 칼륨 양이온, 칼슘 양이온과 같이 부른다. 전자를 얻은 원자는 음이온인데, 음이온을 부르는 법은 양이온과 다르다. 음이온이 된 산소는 산소 음이온이 아니라 '산화 음이온', 음이온이 된 염소는 염소 음이온이 아니라 '염화 음이온'이라고 부른다.

염소	원래 상태	전자를 얻은 상태
원자핵(+)	+17	+17
전자(−)	−17	−18
전기적 성질	중성	−1
표시	Cl	Cl⁻

이처럼 **원래 중성인 원자가 전자를 잃거나 얻어서 전하를 띠게 된 원자를 '이온'**이라고 한다. **주기율표의 왼쪽에 있는 원자인 1, 2, 13족은 전자를 잃고 양이온이 되려는 경향이 강하고, 오른쪽에 있는 원자인 15, 16, 17족은 전자를 얻어서 음이온이 되려는 경향**[8]이 강하다.

진열대에는 염화칼륨(KCl), 질산은($AgNO_3$), 염화칼슘($CaCl_2$), 탄산나트륨(Na_2CO_3) 등 모두 이온결합 화합물뿐이었다.[9] 이 방이 어떤 목적으로 운영되었는지 알 만했다. 오로라에게 한참 설명을 듣던 미다스는 머리를 쥐어

---

8 원자들의 이온화 경향

주기 \ 족		1	2	13	15	16	17
3	원자번호	11	12	13	15	16	17
	원자이름	나트륨	마그네슘	알루미늄	인	황	염소
	이온	Na^+	Mg^{2+}	Al^{3+}	P^{3-}	S^{2-}	Cl^-
4	원자번호	19	20				
	원자이름	칼륨	칼슘				
	이온	K^+	Ca^{2+}				

박더니 갑자기 수조 오른쪽에 있는 플라스틱 병을 집어 들고 뚜껑을 열어 마시려고 했다.

오로라   뭐 하는 짓이야?

아이작   괜찮아. 저거 이온 음료야. 겉에 그렇게 붙어 있어.

이온이 있으면 전기가 통한다. 과일에 전선을 연결하면 전구에 불이 들어오는데, 그건 과일 안에도 이온이 있기 때문이다. 우리 몸이 쉽게 전

---

9 이온결합화합물

이온 상태가 되면 전기를 띠기 때문에 (+)전하와 (−)전하는 서로 끌린다. 서로 끌리는 두 이온이 만나면 이온결합화합물이 된다. 그런데 이온결합화합물은 전기적으로 중성인 상태가 되어야 하므로, 식을 쓸 때 원자의 개수와 전자의 개수를 정확하게 확인해야 한다.

- $Na^+ + Cl^- \rightarrow NaCl$ (염화나트륨)
- $K^+ + Cl^- \rightarrow KCl$ (염화칼륨)
- $Ag^+ + NO_3^- \rightarrow AgNO_3$ (질산은)
- $Ca^{2+} + 2Cl^- \rightarrow CaCl_2$ (염화칼슘)
- $2Na^+ + CO_3^{2-} \rightarrow Na_2CO_3$ (탄산나트륨)

※ 참고 1 : 다원자이온

NO_3^-(질산이온), SO_4^{2-}(황산이온), CO_3^{2-}(탄산이온)은 한 묶음으로 이온이 되어 반응하기에 다원자 이온이라고 한다. 다원자 이온은 하나의 이온으로 다뤄야 한다.

※ 참고 2 : 결합의 종류 (고등학교 과정)
- 이온결합 : 금속 원소+비금속 원소
- 공유결합 : 비금속 원소+비금속 원소
- 금속결합 : 금속 원소+금속 원소

기에 감전되는 것도 이온이 있기 때문이다. 우리 몸에는 이온이 필요하고, 이온화[10]된 원소가 많이 들어 있는 이온 음료는 우리 몸에 필요한 이온을 빠르게 채워준다.

이온 음료를 들고 마시려던 미다스가 화들짝 놀라더니 돌처럼 굳어버렸다.

로잘린　왜 그래?

로잘린이 놀라서 미다스의 팔을 잡았다. 나는 미다스의 시선이 향하는 쪽을 봤다.

아이작　무슨 일이야?

미다스　저거… 사람 발 같은데….

10　이온화

이온결합 화합물을 물에 넣으면 다시 이온인 원소로 돌아가는데, 이를 이온화라 한다. 이온결합 화합물은 서로의 전기적 상태에 끌려서 잠깐 결합한 것이므로, 물에 넣으면 금방 녹아서 이온화된다.

- $NaCl \rightarrow Na^+ + Cl^-$
- $CaCl_2 \rightarrow Ca^{2+} + 2Cl^-$ (Cl_2라고 쓰면 안 됨. Cl_2는 염소 분자임.)
- $AgNO_3 \rightarrow Ag^+ + NO_3^-$ (만약 $3NO^-$로 적으면 NO^-가 3개 있다는 뜻이 됨.)
- $Na_2CO_3 \rightarrow 2Na^+ + CO_3^{2-}$ ($3CO_2^-$로 적으면 CO_2^-가 3개 있다는 뜻이 됨.)

나도 미다스가 보는 곳을 봤다. 넘어진 진열대 때문에 교묘하게 가려 잘 보이지 않았지만, 미다스가 가리키는 곳에는 확실히 사람의 발이 있었다. 우리는 잔뜩 긴장한 채 천천히 그쪽으로 다가갔다. 한 걸음 내디딜수록 점점 사람의 몸이 드러났다. 여자였다. 나는 재빨리 쓰러진 여자에게 다가가 코 밑에 손을 댔다. 호흡이 없었다. 대동맥이 흐르는 목에 손을 대봤지만, 맥박이 뛰지 않았다. 긴장하며 나를 보는 친구들을 향해 나는 고개를 좌우로 흔들었다.

우리는 사람의 죽음을 접한 적이 없다. 영화나 드라마에서 본 적은 있지만, 우리 주변의 사람이 죽은 적도 없고, 죽었다는 말을 들은 적도 없다. 우리도 언젠가 죽겠지만 이런 죽음은 상상한 적이 없다.

오로라　시체 상태는 어때? 폭발로 인한 사고로 죽은 것 같아?

아이작　글쎄, 살펴봐야지.

나는 조심스럽게 시신과 그 주변을 살폈다. 먼저 폭발로 인한 사고에 초점을 맞췄다. 거대한 폭발이 일어났고, 사람이 죽었다면 사고가 원인일 가능성이 높기 때문이다. 그런데 겉으로 보기에 강한 타박상이나 찔린 상처는 전혀 없었다. 시신 주변의 상태를 보아도 폭발로 죽었을 가능성은 거의 없어 보였다.

폭발로 죽은 게 아니라면 원인은 무엇일까? 혹시 실험을 진행하다 폭발로 인해 위험한 화학물질에 노출된 걸까? 심하게 일그러진 시신의 얼굴은 죽어가면서 끔찍한 고통에 시달렸다는 증거였다. 염소 가스 같은 독극물에 노출되었을 가능성을 염두에 두고 주변을 살폈다. 그러나 시신이 쓰러진 공간에는 독극물이라고 할 만한 것이 없었고, 방 전체에도 갑작스럽게 죽음을 맞게 할 만한 독극물은 발견되지 않았다.

그러다 입술 아래와 목 부위가 울긋불긋한 게 눈에 띄었다. 피부가 심하게 손상된 것이, 마치 화상을 입은 듯했다. 손과 팔목에도 화상처럼 보이는 자국이 있었다. 진한 검은 자국이 하얀 옷에 번진 것도 보였다. 근처에 불이 난 흔적은 없었다. 혹시 실험을 하다 화학물질에 노출되어 화상이라도 입은 걸까?

그런 생각을 하며 주변을 살피다 시신에서 얼마 떨어지지 않은 곳에 쓰러진 플라스틱 물병을 발견했다. 물병은 총 5개였는데 4개는 1리터짜리고, 나머지 하나는 2리터짜리였다. 5개 모두 표면에 증류수라고 쓰여 있었다. 그런데 나머지 4개와 달리 2리터짜리 병만 뚜껑이 열려 있었는데, 그 안에는 꽤 많은 물이 남아 있었다. 뚜껑이 열린 채 쓰러진 플라스틱병, 피부에 남은 화상자국, 죽음의 순간에 겪은 고통이 엮이며 하나의 방향을 가리켰다.

나는 바닥에 떨어진 실험용 장갑을 뽑아서 손에 끼고 2리터짜리 물병을 조심스럽게 세웠다.

오로라   그 물병은 왜? 뭘 알아냈어?

아이작   아직 확실하진 않아. 일단 이 물병에 든 물질이 뭔지 확인해
        야겠어.

미다스   그냥 물 아냐? 거기 뭐 이상한 거라도 들었어?

아이작   의심스러운 점이 있기는 한데….

오로라   실험하려고?

나는 고개를 끄덕이고는 물병을 조심스럽게 세웠다.

로잘린   뭐가 필요해?

아이작   깨끗한 스포이트와 비커가 필요해.

로잘린은 곧바로 실험용 비커 하나와 스포이트를 찾아왔다. 나는 미
다스에게 비커를 건네며 소금물을 떠 와달라고 부탁했다. 그 사이에 오
로라는 실험을 하기 좋도록 지저분한 책상 위를 치웠다. 나는 미다스가
떠 온 소금물 비커를 책상에 놓고 물병을 기울여 스포이트를 집어넣었다.

미다스   뭘 하려는 거야?

오로라   저건 염화나트륨 수용액으로 앙금 생성 반응을 확인하는
        실험이야.

미다스   앙금 생성 반응이 뭐야?

오로라   특정한 수용액끼리 섞으면 **양이온과 음이온이 결합하여 물에 녹지 않는 앙금을 생성하는데, 그걸 앙금 생성 반응**이라고 해.

미다스   그 실험을 지금 왜 하는데?

오로라   앙금 생성 반응으로 저 병에 든 불질이 뭔지 알아낼 수 있으니까.

스포이트로 물병에 든 액체를 빨아들인 다음 조심스럽게 소금물에 떨어뜨렸다. 액체가 몇 방울 소금물에 떨어지자 구름처럼 하얀 앙금이 비커 안에 번졌다. 몇 방울을 더 떨어뜨리자 더 많은 앙금이 생성되었다. **염화나트륨(NaCl) 수용액에 질산은(AgNO₃) 수용액을 섞으면 은 이온(Ag⁺)과 염화이온(Cl⁻)이 반응하여 흰색의 앙금인 염화은(AgCl)이 생성**된다.[11]

$$AgNO_3 \rightarrow Ag^+ + NO_3^-$$

$$NaCl \rightarrow Na^+ + Cl^-$$

$$Ag+ + Cl^- \rightarrow AgCl \text{ [12]}$$

---

11 여러 가지 앙금

흰 색	황산바륨($BaSO_4$), 탄산칼슘($CaCO_3$), 탄산은(Ag_2CO_3) 황산은(Ag_2SO_4), 황산칼슘($CaSO_4$)
노란색	황화카드뮴(CdS), 아이오딘화납(PbI_2)
검은색	황화납(PbS), 황화구리(II)(CuS)

내 예상대로 물병 안에 든 액체는 그냥 물이 아니라 질산은 수용액인 것 같았다.

미다스   어! 하얗게 앙금이 생성됐어!

오로라   염화이온과 은이온이 만나서 염화은이 앙금으로 생성된 거야. 그 말은….

아이작   저 죽은 여자가 물이 아니라 질산은이 잔뜩 든 액체를 마셨다는 뜻이지.

로잘린   염화이온과 은이온이 만나면 염화은이 만들어지는 건 맞지만 이 반응 실험 하나로 질산은이 들었다고 확신해도 될까? 그리고 직접 마셨다는 증거도 없잖아.

아이작   맞아. 100%라고 할 순 없어. 에이다의 서버가 멀쩡하다면 곧바로 확인할 수 있겠지만…. 그래도 가능성은 90% 이상이야.

오로라   나도 그 의견에 동의해.

로잘린   근거가 있어?

오로라   시신을 봐. 피부에 화상을 입은 듯한 자국이 있어. 그리고 옷이 검게 변했고. 질산은이 묻었을 때 나타나는 반응이야.

로잘린   저 질산은 수용액을 물로 착각하고 마셔서 저렇게….

---

12 이 반응에서 $NaNO_3$(질산나트륨)도 만들어지지만 질산나트륨은 물에 곧바로 녹기 때문에 앙금을 생성하지 않는다.

로잘린의 눈이 촉촉하게 젖어 들고 있었다.

오로라　아무래도 그렇다고 봐야지. 아마 폭발 사고가 안 났다면 다
　　　　른 별의 아이들에게 발견되었을 테고, 실수로 질산은이 든
　　　　물을 잘못 마시고 죽었다는 사실이 곧바로 밝혀졌을 거야.
미다스　안됐다.

미다스도 목소리가 착잡하게 잦아들었다.

오로라　마음의 준비를 단단히 해야 해. 이건 실험 때문에 벌어진 사
　　　　고겠지만 폭발이 크게 벌어졌으니 또 누가 죽었을지 몰라.
　　　　죽지는 않았더라도 크게 다친 사람이 많을 거야.

　　로잘린이 나를 봤다. 나는 오로라의 의견에 동의한다는 뜻으로 고개
를 끄덕였다. 나는 질산은이 담겼다고 의심⑦되는 병의 뚜껑을 찾으려고
이곳저곳을 살피다, 구석에 떨어진 병뚜껑을 발견하고 그곳으로 갔다. 병
뚜껑을 집는데 익숙한 표식이 보였다. 13기지에서 벌어진 납치 사건과 관
련된 표식, 바로 로마자 Ⅶ이었다. 갑자기 머리에 충격이 일었다. 번개처럼
어떤 생각이 스쳤고, 증거들이 조합되었다.
　　나는 재빨리 태블릿을 열어서 에이다가 보내준 자료를 확인했다. 거기

엔 에덴 16기지에서 생활하는 30명의 신상정보가 담겨 있었다. 원래 이런 신상정보는 우리에게 절대 공개하지 않는데, 상황이 상황이니만큼 일부 정보를 에이다가 보내준 것이다.

파일을 열어서 정보를 하나씩 확인했다. 사망한 여자는 '이니마'였다. 성격과 장점을 읽어보니 로잘린과 닮은 점이 꽤 많았다. 다음으로 이니마를 죽였을 만한 능력을 지닌 사람이 있는지 확인했다. 여자 중에는 내가 설정한 능력을 갖춘 사람이 없었다. 남자들을 확인했다. 직접 확인하고 알리바이도 조사해 봐야겠지만 일단 겉으로 보이는 조건만 확인했을 때 열다섯 명의 남자 중에서 열 명은 범행을 저지를 만한 능력을 충분히 갖추고 있었다.

자료를 살펴보며 나는 내 추리에 어느 정도 확신이 들었다. 만약 내 추리가 맞다면 이니마는 사고로 죽은 게 아니다.

이니마는 살해당했다.

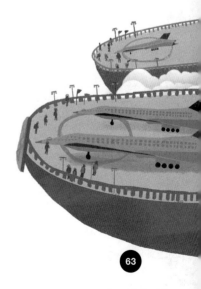

✽ 참고자료 : 원자의 특성

원자 번호	이름	기호	외국어 표기	특징
1	수소	H	Hydrogen	우주에서 가장 흔하고 가벼운 원자. 태양의 핵융합 반응을 일으키는 원료. 타고 폭발하는 성질이 있다.
2	헬륨	He	Helium	수소 다음으로 가볍고 흔한 원소. 비활성기체인 He, Ne, Ar은 다른 원소와 잘 반응하지 않는다.
3	리튬	Li	Lithium	첨단산업에 다양하게 활용하는 알칼리금속. 리튬이온 배터리는 스마트폰, 전기차에 두루 쓰인다.
4	베릴륨	Be	Beryllium	가볍고 단단하며 부서지기 쉬운 은회색 알칼리토금속. 합금 형태로 항공우주, 전자제품 등에 많이 사용한다.
5	붕소	B	Boron	다이아몬드 다음으로 단단한 흑회색 준금속. 유리 화합물, 눈 세정제, 원자력발전 등에 쓰인다.
6	탄소	C	Carbon	생명체를 이루는 기본 원소. 다른 원자와 결합력이 강해서 다양한 화합물을 만든다.
7	질소	N	Nitrogen	대기의 78%를 차지하고 생명체를 이루는 주요 성분. 비료의 주재료이며 폭약의 기본 원료.
8	산소	O	Oxygen	지각의 거의 절반(47%)을 차지하는 원소. 수소와 결합해 물을 만들고, 생명체의 호흡에 이용된다.
9	플루오린	F	Fluorine	충치 예방 효과가 있어 치약 제조에 사용하며, 플루오린화수소는 반도체 제조의 필수품.
10	네온	Ne	Neon	헬륨 다음으로 반응성이 낮은 비활성기체. 전류가 흐르면 밝게 빛을 내는 성질이 있다.
11	나트륨	Na	Natrium	소금의 핵심 요소로 생명체의 필수성분.
12	마그네슘	Mg	Magnesium	은백색의 가벼운 금속으로 생명체의 필수성분. 마그네슘이 결핍되면 불안, 불면, 떨림 증상 등이 나타난다.

원자 번호	이름	기호	외국어 표기	특징
13	알루미늄	Al	Aluminium	지각에서 산소와 규소 다음으로 풍부한 원소. 전기가 잘 통하고 가볍고 부드러워 다양한 분야에 쓰인다.
14	규소	Si	Silicon	지각에서 둘째로 많은 원소. 반도체 제조의 핵심 소재이며, 유리, 시멘트를 만드는 중심 성분이다.
15	인	P	Phosphorus	DNA나 뼈를 이루는 주된 성분.
16	황	S	Sulphur	고대부터 유황으로 알려진 원소. 지독한 냄새와 불에 타는 성질로 유독해 보이지만 우리 몸에 꼭 필요하다.
17	염소	Cl	Chlorine	나트륨과 결합하는 소금의 중요 성분. 주로 살균제로 사용되며 염소 기체는 무시무시한 독가스다.
18	아르곤	Ar	Argon	무색, 무취인 불연성의 기체.
19	칼륨	K	Kalium	채소에 들어 있는 성분. 우리 몸에 꼭 필요하다.
20	칼슘	Ca	Calcium	동물의 뼈를 이루는 핵심 성분.
26	철	Fe	Ferrum	현대 문명을 만든 핵심 금속. 지구의 핵은 철이다.
29	구리	Cu	Cuprum	열과 전기 전도성이 좋은 금속.
38	스트론튬	Sr	Strontium	은백색의 무른 금속으로 반응성이 크다.
47	은	Ag	Argentum	옛날부터 화폐로 사용했으며 독극물에 색이 변한다.
79	금	Au	Aurum	빛나는 노란색 금속. 귀금속을 대표하지만 현대의 첨단산업에서도 중요한 역할을 한다.
80	수은	Hg	Hydrargyrum	상온에서 액체인 금속. 그 신비한 성질 때문에 중세의 연금술사들이 귀하게 다뤘다.
82	납	Pb	Plumbum	무르고, 무겁고, 독성이 있는 금속. 활용도가 높아 많이 쓰이는데 중독되면 인체에 치명적이다.

2

전기의 성질과
플레밍의 손바닥

　나는 일단 이니마가 사고로 죽은 게 아니라 살해당했을 가능성이 높다는 생각을 밝히지 않았다. 그렇지 않아도 충격을 받은 친구들에게 공포까지 심어줄 필요는 없었다. 먼저 이곳에서 생활하던 별의 아이들이 어떻게 되었는지 확인하는 게 우선이었다. 아이들을 안전하게 구한 뒤에 폭발을 일으킨 범인과 살인사건의 범인을 찾아야 한다. 어쩌면 두 사건의 범인이 동일 인물일지도 모른다. 공범이 있을 가능성도 배제하지 못한다. 무엇보다 살해 동기를 알아내야 한다. 사람까지 죽이면서 이루려고 한 목적이 무엇인지 밝혀내야 한다. 지금 우리가 겪는 이 모든 사건을 일으킨 동기를 확실하게 파악하지 못하면 나중에 또다시 이런 사건이 벌어질 수 있기 때문이다.

　우리는 일단 이니마의 시신을 임시로 수습하고 건물 뒤편으로 빠져나왔다. 건물 뒷면은 곧바로 절벽과 이어졌고, 그곳엔 큰 트럭이 들어가도 될 만큼 거대한 동굴이 뚫려 있었다. 동굴 천장과 벽에는 수많은 전선과 파이프들이 연결되어 있었는데, 폭발로 인한 충격으로 깨지거나 끊어진 것들이 제법 많았다. 혹시나 동굴 구조에 위험 요소가 있는지 살피느라 우리는 조심스럽게 안으로 들어갔다. 동굴 벽과 천장을 꼼꼼하게 살폈는데 충격의 흔적이 남아 있긴 하지만 붕괴할 위험은 없어 보였다.

로잘린　세상에, 이게 다 뭐야?

미다스　와! 엄청나다.

거대한 동굴 끝에 내부 구조를 보여주는 안내판이 있었다. 그것을 보니 내부는 혀를 내두를 정도로 복잡했다. 거대한 빌딩을 지하로 옮겨 놓은 듯했는데 우리가 놀란 점은 제1지구 튀르키예의 카파도키아에 있는 동굴들처럼 이곳이 자연적으로 형성되었다는 사실이었다. 건축에 필요한 자재를 아직 충분히 조달하기 어려운 제2지구의 상황에서 이러한 천연동굴은 매우 유용하다.

동굴 안 곳곳에는 다양한 생산시설이 들어서 있고, 전선과 파이프가 각 시설마다 촘촘하게 연결되어 있었다. 지하 시설은 이제껏 제2지구에 건설된 그 어떤 에덴 기지보다 규모가 컸는데, 마치 제1지구의 화학단지 하나를 통째로 옮긴 듯했다.

오로라   이렇게 넓으니, 도대체 어디부터 뒤져야 하지?

아이작   폭발 원점을 찾아서 사고의 원인이 무엇인지 조사하는 게 먼저야. 더불어 다친 사람이 있을 가능성을 대비해 의료시설이 정상적으로 작동하는지 점검하고, 통신시설을 복구하고 에이다 서버가 안전한지도 확인해야지.

로잘린   사고로 고립되었거나 다친 사람이 있는지도 확인해야 해.

아이작   통신과 서버가 제대로 작동하기만 하면 에이다가 로봇을 조종해서 수색과 구조를 할 수 있을 거야.

미다스   우린 겨우 넷인데 언제 그걸 다 하냐?

아이작   차근차근 하나씩 해내야지. 혼자 다니는 건 위험하니 둘씩 짝을 지어서 다니자.

오로라   그럼 너랑 로잘린이 같이 다녀. 나는 미다스랑 다닐게.

그건 나도 바라는 바였다. 오로라와 다니는 건 피곤하다. 나는 안내 지도를 살피며 위치를 확인했다. 의료실과 에이다의 서버가 가까운 위치에 있었고, 내가 폭발했다고 의심하는 가스 보관시설과 통신시설은 지상 쪽에 있었다.

아이작   그럼 로잘린이랑 나는 폭발사고의 원인이 무엇인지 먼저 조사하고 나서 통신시설을 살펴볼게. 너랑 미다스는 의료실과 에이다의 서버를 확인해 줘.

오로라　혹시 모르니 안전을 위해 서로 20분마다 통화해. 두 군데 확인하고 나면 우리는 폭발로 내부가 어느 정도 망가졌는지 조사할게.

아이작　혹시라도 로봇이 발견되면 작동 가능한지 꼭 확인해.

나와 로잘린은 계단을 타고 위로 올라갔고, 오로라와 미다스는 통신 시설 쪽으로 갔다. 계단 벽에 설치된 비상 전등 덕분에 전기가 다 나갔는데도 계단을 오르는 것이 어렵지 않았다. 갈림길마다 부착된 표지판도 친절하게 우리를 안내했다. 그런데 위로 올라갈수록 무너진 곳이 많았고, 지상 바로 아래층이 완전히 무너져서 더는 올라갈 수가 없었다.

로잘린　폭발로 완전히 무너졌어.

아이작　올라가는 길이 하나가 아니었는데….

나는 올라오기 전에 본 안내 지도를 떠올렸다. 계단만 쭉 타고 오르면 바로 지상으로 나가는 걸 보고 특별히 다른 길을 살펴보지 않은 탓에 다른 길이 가물가물했다. 안내 지도를 다시 확인하러 내려갈 수는 없는 노릇이었다. 오로라와 미다스는 안내 지도가 있는 층에 있으니 아무래도 그들에게 물어보는 게 좋을 듯했다. 내가 통신기를 꺼내려고 했더니 로잘린이 말렸다.

로잘린   위로 올라가는 길을 물어보려는 거지?

아이작   다시 내려갈 순 없잖아.

로잘린   혹시 몰라서 아까 내가 사진을 찍어뒀어.

로잘린이 태블릿을 꺼냈다. 옆에 꽂힌 터치펜을 뽑더니 터치스크린을 가볍게 건드렸고, 곧이어 안내 지도가 화면에 떴다. 나는 지도를 꼼꼼하게 살폈다.

아이작   이쪽으로 올라가는 길이 막혔으니까, 이쪽으로 돌면… 여기에 지상으로 올라가는 계단이 있어.

로잘린   거긴 이 계단과 가까워. 거기도 폭발의 영향을 받았을지 몰라. 내가 보기엔 이렇게 돌아가는 게 좋겠어.

로잘린이 터치펜으로 선을 그으며 동선을 표시했다. 가만히 살펴보니 로잘린이 제시한 경로가 내 의견보다 타당했다. 태블릿의 지도를 확인하며 빠르게 이동했다. 곳곳이 무너져 있었지만 이동이 어렵지는 않았다. 그렇게 미로처럼 얽힌 길을 가다가, 마지막 계단을 앞두고 장애물을 만났다. 계단으로 통하는 문이 열리지 않았다. 아무리 힘을 주어 밀고 당겨도 꿈쩍도 하지 않았다. 자동문인데 전기가 끊어졌으니 완전히 잠겨버린 것이다. 내가 문과 씨름하는 사이 로잘린은 지도를 살피다가 옆문을 슬쩍 열고는, 그 문이 열리자 나에게 따라오라고 손짓했다.

아이작　그 방은 왜?

로잘린　이쪽 방들은 문과 문으로 계속 연결되어 있어. 이 방들을 통과하면 다른 계단이 나와.

로잘린의 말이 맞았다. 그 문들이 멀쩡할지는 모르지만 되돌아갈 수도 없으니 일단 로잘린이 말한 경로대로 가보기로 했다. 복도에는 비상전기가 켜져 있어 손전등이 필요 없었지만, 그 방은 완전히 암흑이었다. 허리춤에 찬 손전등을 꺼내려는데 로잘린의 손끝에서 전기 불꽃이 일었다.

로잘린　앗, 따가워.

무심코 손을 움직이다가 어떤 물건에 닿았고, 거기서 전기가 튄 것이다. 처음에는 폭발로 누전된 전선에 닿은 줄 알고 놀랐는데 로잘린의 반응을 보니 그건 아니었다. 만약에 감전되었다면 저 정도 충격으로 그치지 않고 더 위험한 상황에 처했을 것이다. 로잘린은 오른손을 급하게 움직였고, 그 바람에 손에 들고 있던 터치펜이 바닥으로 떨어졌다. 로잘린을 놀라게 한 건 **정전기**였다.

전기력은 전하를 띤 물체 사이에 작용하는 힘이다. **전하의 종류가 같으면**(+와 +, -와 -) **서로 밀어내는 힘인 척력이 작용**하고, **전하의 종류가 다르면**(+와 -) **서로 끌어당기는 힘인 인력이 작용**한다. 현대 첨단문명에서 사용하는 전자기기는 바로 이 전기력을 이용한다. **물체가 전기를 띠는 현상을 대전**이라 하고, **전기를 띤 물체를 대전체**라 하는데, **정전기는 전기를 띤 대전체들의 전하 차이에 의해 순간적으로 전하가 움직이는 현상**이다. 전기는 항상 균형을 잡으려는 성질이 있는데, 전하의 차이가 있는 두 물체가 가까워지면 전하가 균형을 잡기 위해 순간적으로 흐른다. 바로 이것이 정전기다.

나는 재빨리 손전등을 켜고 바닥을 비췄다. 터치펜은 이런 데서 잃어버리기 쉬운 물건이다. 나는 태블릿을 손으로 만지며 사용하지만 깔끔한 로잘린은 꼭 터치펜을 쓴다. 우리에겐 물자가 풍부하지 못하다. 제1지구에서는 터치펜 정도야 잃어버려도 바로 다시 사면 되겠지만, 우리는 한번 잃어버리면 언제 다시 손에 들어올지 기약할 수 없다.

처음에 태블릿을 받았을 때는 나도 터치펜을 사용했는데, 언제 어디서 잃어버렸는지도 모르게 잃어버렸다. 우주선은 지구의 건물에 비하면 좁은 공간인데 아무리 찾아도 없었다. 손으로 만져도 작동은 되지만, 다른 애들은 다들 터치펜을 쓰는데 나만 없으면 안 될 것 같아서 그냥 펜처럼 생긴 걸로 터치스크린을 눌러봤는데 작동하지 않았다. 처음엔 그 이유를 몰라서 다양한 물건들로 건드려 보았지만 작동하는 물건이 없었다. 나중에야 터치스크린을 작동하게 하려면 정전기를 흐르게 하는 터치펜이 필요하다는 걸 알게 되었다.

우리가 사용하는 태블릿은 정전기 유도의 원리를 이용한다. **정전기 유도란 전기를 띠지 않는 물체에 대전체를 가까이 대면 물체의 가까운 쪽에는 대전체와 반대되는 전하가 모이고, 먼 쪽에는 대전체와 같은 종류의 전하가 모이는 현상**이다.

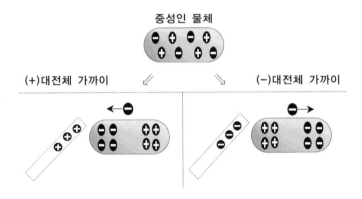

태블릿의 액정유리에는 계속해서 전류가 흐르는데, 사람의 몸에도 미세한 전기가 흐른다. 전류가 흐르는 손가락을 액정유리에 대면 그 접촉지점에 정전기 유도 현상이 일어나고, 그에 따라 터치스크린이 반응한다. 따라서 터치펜이 아니라 그냥 펜을 대면 액정유리에 정전기 유도 현상이 일어나지 않으므로 터치스크린이 반응하지 않는다. 그 사실을 알고 나서 당시에 얼마나 실망했는지 모른다. 하는 수 없이 나는 늘 손으로 태블릿을 만져야 했고, 터치펜을 쓰는 애들을 보면 살짝 부러웠다.

나를 따라서 로잘린도 손전등을 켜서 바닥을 살폈다. 로잘린이 선 곳에는 카펫이 깔려 있는데, 색깔이 터치펜과 비슷해서 언뜻 봐서는 찾기 힘들었다. 몸을 숙이고 손으로 바닥을 더듬으며 터치펜을 찾았다. 그러다 까칠한 게 만져져 손으로 집었는데, 터치펜이 아니라 조금 굵은 플라스틱 조각이었다. 카펫에는 먼지와 조각이 잔뜩 달라붙어 있었다. 로잘린도 손을 바닥에 더듬거리며 찾다가 손을 들어서 털었다.

아이작　왜 그래?

로잘린　얇은 조각 같은 게 손에 묻었는데 잘 안 떨어져.

아이작　아마도 마찰전기 때문에 그럴 거야.

마찰전기는 서로 다른 두 물체 사이의 마찰로 인해 발생하는 전기다. 예를 들어 **플라스틱 막대를 털가죽에 문지르면 털가죽에서 플라스틱 막대로 전자가 이동하는데, 그로 인해 플라스틱 막대는 전자를 얻어 (−)전하로 대전되고, 털가죽은 전자를 잃어서 (+)전하로 대전**된다. 빗으로 머리카락을 빗으면 마찰이 발생하고, 이 때문에 빗은 (−)전하로 대전되고, 머리카락은 (+)전하로 대전된다. 폴리스티렌 같은 재료로 만든 책받침으로 머리카

락을 문지르면 책받침은 (−)전하로 대전되고, 머리카락은 (+)전하로 대전
된다. 폴리에스테르로 짠 스웨터를 입거나 벗을 때에도 머리카락과 마찰
이 일어나는데 그때 스웨터는 (−)전하로, 머리카락은 (+)전하로 대전된다.

전자를 쉽게 잃음(양전하)		전자를 쉽게 얻음(음전하)
유리 ← 머리카락 ← 나일론 ← 울[13]		폴리에스테르 → 폴리스티렌 → PVC[14]

　포장한 비닐을 뜯었을 때 손에 달라붙는 현상, 마른걸레로 가전제품
을 닦을 때 먼지가 다시 달라붙는 현상도 모두 마찰전기로 인해 발생한
다. 기원전 500년쯤 인류가 처음으로 알게 된 전기가 바로 마찰전기였을
만큼, 인류는 오래전부터 마찰전기에 대해 알고 있었다.

로잘린　잠깐 바닥을 손으로 쓸었을 뿐인데 마찰전기가 생길 정도면
　　　　　내 손이 무척 건조한가 봐. 조금 전에 정전기도 그렇고.

---

13 울 : 양털로 만든 천연섬유.
14 폴리에스테르, 폴리스티렌, PVC
　• 폴리에스테르 : 대표적인 합성섬유로 침구, 커튼, 가방 등 다양한 상품을 만드는 소재로 사
　　용한다.
　• 폴리스티렌 : 열을 가했을 때 쉽게 녹고, 온도를 낮추면 다시 고체 상태로 되돌아가는 플라
　　스틱의 한 종류. 가볍고 맛과 냄새가 없어서 생활용품, 장난감, 전기절연체, 포장재 등에 사
　　용한다.
　• PVC : 일상생활에서 많이 사용하는 플라스틱의 한 종류로 그릇, 상자, 파이프 등의 제품에
　　다양하게 활용한다.

아이작　　그러게. 내부가 상당히 건조해. 폭발 때문인지, 아니면 원래부터 이곳이 건조한지는 모르겠지만.

샅샅이 찾았지만 카펫에는 터치펜이 없었다. 방 한쪽에는 꽤 큰 사물함이 쓰러져 있었는데 손으로 밀어도 꿈쩍도 안 할 만큼 무거웠다. 아무래도 터치펜이 사물함 아래로 굴러간 것 같았다. 그 아래로 손전등을 비춰보니, 지저분한 잡동사니 사이에 터치펜이 있었다. 손을 집어넣기에는 공간이 비좁아 집어넣어서 터치펜을 끌어올 도구가 필요했다. 주변을 살피다, 긴 손잡이 끝에 인공섬유가 풍성하게 달린 먼지떨이를 찾아냈다. 먼지떨이에는 온갖 먼지가 많이 묻어 있었다. 흔들어서 털어낸 다음 먼지떨이를 사물함 아래 빈 공간으로 밀어 넣었다. 닿을 듯 말 듯 아슬아슬했다. 손을 있는 힘껏 안쪽으로 뻗어서야 겨우 터치펜을 끌어올 수 있었다. 다시 꺼낸 먼지떨이에는 또다시 먼지가 수북했다. 정전기 유도 현상 때문에 먼지가 다시 달라붙은 것이다. 나는 먼지떨이에 묻은 먼지를 털려다가 그냥 내버려두고 터치펜을 로잘린에게 건넸다.

태블릿에 담긴 지도에 따르면 방 4개를 지나야 했다. 쓰러진 사물함 뒤로 미닫이문이 보였다. 걱정과 달리 문은 쉽게 열렸다. 그다음 방도 미닫이문으로 연결되어 있었다. 그렇게 방 4개를 지나자 계단이 나왔는데, 그 계단은 멀쩡했다. 계단을 밟으며 올라갈수록 주변이 점점 밝아졌다. 계단을 다 오르자 곧바로 통신실이 나타났다. 통신실이란 글씨가 붙은 문은 강철이어서 긁힌 자국을 제외하면 멀쩡했다. 손잡이를 돌리자 문이 부드럽게 열렸다. 통신실은 강철로 전체를 감싼 구조라 전혀 피해가 없었다. 외부 통신탑은 돌에 맞아 일부 부서지기도 했지만 작동하는 데 지장은 없었다.

로잘린　겉으로 보기에 기기는 다 멀쩡한데 작동이 안 돼.

아이작　전기가 끊어진 게 원인 같은데….

로잘린　발전소와 축전지실, 응급발전기와 송전선로가 어떻게 연결되었는지 안내판에 그려져 있어.

아이작　발전소에서 전기가 끊어지면 축전지실에서 전기를 보내고, 축전지실에서도 전기가 끊어지면 응급발전기가 가동되는데, 전기가 안 들어온다는 건 모조리 박살 났거나 전선이 끊어졌다는 말인데….

사고 현장을 정확히 파악하려면 올림포스 우주기지에 있는 에이다와 이곳 통신시설부터 연결해야 했다. 통신이 복구되어야 에이다가 로봇과 각종 센서들을 통해 기지의 상태를 확인할 수 있다. 올림포스 우주기지에 있는 에이다 본체가 로봇들을 조종할 수도 있지만 에이다는 하루에 두 번씩 빠른 속도로 제2지구를 공전하기 때문에 일정한 간격으로 통신이 끊긴다. 제2지구를 관측하기 위해 초기에 보낸 통신위성 3기는 이미 수명을 다해서 대기권에 진입시켜 제거했다. 제2지구를 조금 더 정확하게 관측하기 위해서 다양한 위성을 촘촘하게 설치하기로 했는데, 4개월 뒤에 위성이 도착할 예정이다.

통신설비를 복구할 다른 방법을 찾다가 실패하고 폭발원점 쪽으로 가려는데, 오로라가 통신기로 연락을 해왔다.

오로라 거긴 어때? 확인은 다 했어?

로잘린 통신실은 피해가 없어. 그런데 전기가 끊겨서 작동이 안 돼.

오로라 폭발이 일어난 곳은 찾았어?

아이작 이제 그쪽으로 가보려고.

오로라 뭐야? 지금까지 뭘 한 거야?

아이작 왜 소리를 질러?

오로라 늑장 부리니까 그렇지. 너 또 이상한 거에 꽂힌 건 아니지?

로잘린 중간에 길이 막혀서 돌아서 올라오느라 늦었어.

오로라 서둘러. 위험 상황이라는 거 잊지 말고, 쓸데없는 호기심으로 지체하지 마.

아이작 이쪽 걱정은 마. 거긴 어때?

오로라 서버실은 멀쩡해. 그런데 여기도 전원이 안 들어와. 의료실도 멀쩡한데 마찬가지로 전기가 끊겼고.

아이작 전기시설이 완전히 망가진 거 아니야?

미다스　　그렇진 않아. 벽과 천장이 무너져서 못 간 곳이 있는데 거긴 전원이 들어와 있어. 그러니까 전기설비가 망가진 건 아니야. 전선만 끊어진 거지.

아이작　　그나마 다행이네. 우린 폭발 원점을 조사할 테니까. 너흰 전기를 연결할 방법을 찾아 봐.

서버실과 의료실, 통신실이 멀쩡한 건 천만다행이었다. 세 곳은 가장 중요한 설비이므로 혹시 모를 위험에 대비해 보호시설을 갖추고 있었고, 그래서 강력한 폭발에도 안전하게 유지되었던 것이다.

통화를 끝내고 폭발이 일어난 지점을 조사하기 위해 움직였다. 절벽 아래에서 상상했던 것보다 넓은 대지였다. 곳곳에 건물 잔해가 나뒹굴고, 폭발의 충격이 생생하게 남아 있었다. 대지 위에 펼쳐진 온갖 돌과 파편들은 부채꼴처럼 한 지점에서 뻗어 나오는 형태여서, 우리가 어디로 가야 할지를 명확히 알려주었다.

로잘린　　이거, LPG 가스통 잔해야.

로잘린이 철제 조각 파편을 가리켰다. 금속 합금으로 된 조각이었는데 표면에 LP란 글씨가 보였다. 잘리고 조각나고 휘어지고 불에 그을린 금속 조각이 곳곳에 보였다. 폭발이 일어난 지점으로 가까이 다가갈수록 보이는 광경은 처참했다.

아이작   저기가 폭발이 일어난 곳 같아.

로잘린   세상에….

로잘린은 차마 말을 잇지 못했다. 지하에 형성된 동굴이 모조리 무너지면서 수십 미터 아래까지 땅이 푹 파였는데, 그 처참함에 말문이 막혔다. 강력한 폭탄으로 공격받은 것 같았다. 큰 폭발이 일어난 줄은 알았지만 이 정도 규모일 줄은 상상도 못 했다. 도대체 얼마나 많은 가스가 있었던 걸까? 그 정도 가스를 어떻게 모았던 걸까? 자원과 물자가 부족한 제2지구에서 이런 엄청난 폭발을 일으킬 LPG 가스를 모을 방법은 하나밖에 없다.

아이작   아무래도 여기서 원유를 시추해서 정제한 게 분명해. 그렇지 않으면 이 정도 폭발은 설명이 안 돼.

로잘린의 얼굴이 심하게 일그러졌다. 환경과 생명에 누구보다 관심과 애정이 많은 로잘린으로서는 제1지구에 심각한 기후변화를 일으키고, 물과 토양을 오염시킨 석유를 이곳에서도 개발한다는 사실이 충격일 수밖에 없었다.

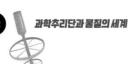

로잘린   에이다가 준 정보에는 그런 말이 없었잖아?

아이작   에이다가 우리에게 알려주지 않은 정보는 그 외에도 많아. 에이다는 필요한 정보만 가르쳐주고 나머지는 철저히 숨겨.

로잘린   인공지능이니 그렇겠지만, 그래도 이건 아닌데….

로잘린의 걱정이 내게도 그대로 전해졌다. 로잘린은 석유 개발에 반대한다. 나는 조건부 찬성이다. 적절하게 석유를 개발하면 제2지구에서 정착해 생활하는 데 큰 도움이 되기 때문이다. 물론 과도한 개발과 사용으로 제1지구와 같은 멍청한 실수를 저지르지 말아야 한다.

아이작   저쪽에 내려가는 길이 있어.

내가 앞장섰다. 로잘린이 한숨을 내쉬더니 내 뒤를 따라왔다. 폭발로 절반쯤 부서진 계단이었지만 내려가는 게 어렵지는 않았다. 조심하면서 내려가는데, 로잘린이 내 어깨를 쳤다.

아이작   왜 그래?

로잘린   이상한 느낌이 들어서.

아이작   뭔데?

로잘린   저기 반쯤 부서진 기둥 뒤에서 묘한 기운이 느껴져.

예전 같았으면 그런 말에 호기심이 발동해 참지 못하고 움직였겠지만 지금은 때가 아니었다. 로잘린의 말을 무시하고 그냥 내려가려는데, 로잘린이 갑자기 내 옷을 붙잡았다.

아이작   왜 또?

로잘린   저기, 분명히 뭐가 있어.

로잘린은 반쯤 부서진 기둥에서 시선을 떼지 않았다. 그 눈빛이 심상치 않았다. 로잘린이 이 정도로 심각하다면 일단 확인이 필요했다. 기둥 쪽으로 빠르게 다가갔다. 기둥에 다가가자 고요한 침묵 속에서 가늘게 호흡 소리가 들렸다. 사람이었다. 로잘린은 10m쯤 떨어진 거리에서 이 미약한 호흡 소리를 들었던 것이다. 다급하게 쓰러진 여자애의 상태를 확인했더니, 의식이 없고 맥박과 호흡이 약했다.

로잘린   빨리 의료실로 데려가야 해.

나는 곧바로 오로라에게 연락을 취했다.

오로라   아직 통화할 시간도 안 됐는데, 무슨 일이야?

아이작   여기 의식을 잃고 쓰러진 단원이 있어.

오로라   위급 상황이야?

아이작   확실치 않지만 괜찮아 보이진 않아.

로잘린이 여자애의 상태를 세심히 살폈다.

아이작   의료실 전기를 복구할 방법은 찾았어?

오로라   가까운 데 배터리 보관실이 있는 건 발견했어.

아이작   그럼 빨리 가져와서 연결해.

오로라   안 그래도 그러려고 하는데, 가는 길이 쉽지 않아.

아이작   우린 부상자를 데리고 내려갈 테니까, 어떻게든 그동안 배터리를 가져와서 의료실 장비를 복구해.

오로라   그게 말처럼 쉽냐?

아이작   사람 목숨이 달린 일이야. 어떻게든 해. 핑계 대지 말고.

오로라   다그치지 마! 나도 급하다는 건 아니까.

오로라는 짜증을 내며 전화를 끊었다.

아이작   의료실까지 데려가는 동안 괜찮을까?

로잘린   잘 모르겠어. 그렇지만 여기서 치료할 순 없잖아.

아이작   그렇긴 하지…. 업고 가는 것보다는 들것으로 옮기는 게 낫겠지?

로잘린 당연히. 그런데 여기 들것이 있어?

아이작 만들어야지.

나는 곧바로 주변을 뒤져 부서진 파이프 2개를 찾아내, 나란히 놓았다. 살짝 휘고 조금 무거웠지만 단단해서 들것으로 쓰기에 적합했다. 어떤 목적으로 사용되던 장소인지는 모르지만 주변에는 합성섬유로 된 천과 끈이 널려 있었다. 파이프를 적당한 간격으로 놓고 천과 끈으로 연결했다. 누더기처럼 지저분했지만 들것으로 사용할 수는 있었다. 몸이 흔들리지 않도록 묶을 안전벨트도 달았다. 조심스럽게 부상자를 들것에 올리고, 몸이 흔들리지 않도록 안전벨트로 고정했다. 내가 앞에서 들고 로잘린이 뒤쪽을 든 뒤 다시 왔던 길을 되돌아 아래로 내려갔다. 경로를 정확히 기억하고 있었던 덕분에 길을 헤매진 않았다. 통신실 옆을 지나 여러 개의 방을 통과하던 도중, 얕은 기침 소리가 나더니 들것에 있던 여자애가 몸을 뒤척였다. 우리는 들것을 내려놓고 상태를 살폈다.

로잘린 정신이 들어? 난 로잘린이고 이쪽은 아이작. 우린 에이다가
보내서 왔어.

로잘린이 준 물을 몇 모금 마신 뒤에야 여자애는 자기 이름이 '사티스'

라고 밝혔다.

샤티스　　내 바로 앞에서 폭발이 일어났는데….

사티스는 자신이 살아 있는 게 믿기지 않는지 연신 손과 발을 움직이다가 얼굴을 심하게 찌푸렸다.

로잘린　　어디가 아파?
샤티스　　오른쪽 다리가 말을 안 들어. 속도 이상하고.
아이작　　빨리 의료실로 가자.

우리는 다시 들것을 들고 이동했다.

샤티스　　다른 애들은 어떻게 됐어?
로잘린　　아직 아무도 발견하지 못했어.

로잘린은 이니마가 죽었다는 말은 일부러 하지 않았다.

아이작　　무슨 일이 있었는지 말해줄 수 있어?
로잘린　　지금 이렇게 부상을 당했는데….

사티스   아니, 괜찮아. 이 상황을 수습하고 애들을 구하려면 어떤 일이 벌어졌는지 빨리 아는 게 중요할 테니까.

사티스는 침착하고 굳셌다.

아이작   폭발이 바로 앞에서 일어났다고 했지?

사티스   내가 있던 곳은 3D프린터로 옷을 만드는 곳이었어. 아직 대량은 아니고 시험 삼아 몇 벌 만드는 수준이었지만.

아이작   폭발은 어쩌다 일어난 거야?

사티스   내가 디자인한 옷을 만들고 있는데 갑자기 폭음이 들렸어. 첫 폭발이 나고 애들에게 연락해 봤더니 조사 중이라고 했어. 별일 아닐 거라고. 그래서 계속 작업을 했는데, 몇 분 뒤에 갑자기 강력한 폭음이 울리면서 지진이 난 것처럼 땅이 흔들렸어.

아이작   그 폭발로 네가 있던 곳이 초토화된 건 아닐 텐데.

사티스   폭발음과 진동만 느꼈어. 다시 연락하니 석유 증류시설이 있는 곳에서 폭발이 일어난 것 같다고 했어. 다행히 단원들이 첫 번째 폭발을 조사하러 그쪽으로 가 있었던 덕분에 아무도 다치지 않았고. 나는 사고 원인을 조사 중이라는 말을 듣고 일단 하던 일을 마무리하고 내려가려고 했어. 3D프린터가 동작 중에 흔들렸기 때문에 먼저 상태를 확인해야 했거든. 그런데 기기를 점검하는데 이상한 냄새가 나는 거야. 이곳에서는 가끔 이상한 냄새를 맡는 경우가 있었기 때문에, 별로 마음에 두지 않고 3D프린터에서 제품을 꺼냈어. 그러다 따끔하길래 놀라 옷을 떨어뜨렸는데 바닥에 갑자기 불이 붙었어. 놀라서 뒤로 물러나 소화기를 가지러 가는데 엄청난 폭음이 울렸고, 그대로 정신을 잃었어.

로잘린 갑자기 바닥에서 불이 왜 일어난 거야?

사티스 몰라. 그냥 잠깐 따끔해서 옷을 놓쳤을 뿐인데 불꽃이 번지면서 불이 일었고, 곧바로 폭발했으니까.

사티스의 설명을 통해 이곳에서 어떻게 사고가 일어났는지 어느 정도 파악했다.

화학물질 보관실에서 리튬, 나트륨, 칼륨이 사라졌다. 정확히는 누가 훔쳐 갔다. 범인은 적은 양의 리튬으로 폭발을 일으켜 사람들을 그쪽으로 끌어모았다. 리튬은 나트륨과 칼륨에 비해서는 폭발력이 약하다. 그리고 사람들이 그쪽으로 몰려간 틈을 타서 나트륨과 칼륨을 이용해 석유 증류시설을 폭파했다. 아마도 그곳에는 많은 양의 물이 있을 것이다. 특정한 시간이 되면 자동으로 물에 떨어져 폭발이 일어나게 했을 텐데, 그 방법도 이미 짐작 가는 바가 있었다.

나트륨과 칼륨이 물과 반응하며 대규모 폭발을 일으키자, 그 충격으로 석유 증류시설에서 LPG 보관함으로 연결된 가스관에 문제가 생겼다. 가스관에서 가스가 누출되었고, 사티스가 있던 곳에도 가스가 스며들었다. 그렇다면 가스에는 왜 불이 붙었을까?

아이작   정전기야.

로잘린   정전기라니?

아이작   태블릿을 작동하게 하는 그 정전기, 네가 놀라서 터치펜을 떨어뜨렸을 때 발생한 그 정전기가 폭발의 원인이야.

로잘린   정전기로 불이 나?

아이작   사티스가 만졌을 때 따끔했다고 했잖아. 그때 생긴 정전기가 가스에 불을 일으켰고, 그 불이 가스가 대량으로 누출된 곳으로 번지면서 엄청난 폭발이 일어난 거야.

로잘린   세 번째 폭발은?

아이작   아마 수소탱크가 터졌을 거야. 여기 혹시 수소탱크 있어?

사티스   어, 있어.

범인은 석유 증류시설을 노렸다. 리튬을 이용해 사람들을 유인하고 칼륨과 나트륨으로 석유 증류시설을 폭파했다. 아마 가스폭발은 의도한 게 아닐 것이다. 그런데 범인은 왜 이니마를 죽였을까? 그것도 사고로 죽은 것처럼 위장해서… 또 석유 증류시설은 왜 폭발시킨 걸까? 그러다 석유 시추를 한다고 했을 때 로잘린의 반응이 떠올랐다.

아이작 설마?

로잘린 왜 그래?

아이작 아니야. 그냥 잠깐 뭔 생각이 들어서….

로잘린이 더 캐물으려 했지만 사티스가 신음을 흘리는 바람에 대화는 더 이어지지 않았다.

조금 뒤 우리는 의료실에 이르렀다. 의료실에는 오로라와 미다스가 없었다. 의료실 침대에 사티스를 올려놓고 막 전화를 걸려는데, 문이 열리며 온통 먼지를 뒤집어쓴 오로라와 미다스가 손수레에 배터리뿐 아니라 각종 전선과 도구를 싣고 나타났다. 둘은 숨을 헐떡이더니 바닥에 털썩 주저앉았다. 로잘린이 황급히 다가가 물을 건넸다. 옷도 찢어지고 먼지를 뒤집어쓴 것으로 보아 배터리를 꺼내 오는 과정에서 무척 고생한 모양이다.

오로라는 성격이 까탈스럽지만 자신이 해야 할 일은 반드시 해내는 책임감이 있고, 미다스는 머리가 좋진 않지만 시키는 일은 충실하게 해낸다. 둘 다 멋진 친구다. 둘의 상태를 보아하니 배터리실로 가기 위해 얼마나 애썼을지 짐작이 갔다. 바닥에 앉은 두 사람이 몸을 추스르는 동안 나는 배터리를 의료장비 옆으로 옮겼다.

배터리 겉면에 표시된 글씨부터 확인했다. 맨 먼저 10Ah가 보였다. 전하는 물체의 전기적 성질이고, **전류란 전하를 띤 입자들의 흐름**이다. 수도관 속에서 흐르는 물과 전선을 흐르는 전기는 닮은꼴이다. 수도관에서는 물이 흐르지만 전선에서는 전하를 띤 입자가 이동한다. (+)전하인 원자핵은 이동하지 않기 때문에 실제 **전류는 전자가 흐르면서 발생**한다. **전류의 세기는 1초 동안 도선의 단면을 통과한 전하의 양이며, 전류의 단위는 암페어(A)**[15]다. 실제로 **전자는 (−)극에서 (+)극으로 이동하지만 전류는 (+)극에서 (−)극으로 흐른다.**[16] 배터리에 표시된 Ah(암페어아워)란 시간당 전류량이란 의미의 단위인데, 10Ah란 10A의 전류로 한 시간 동안 쓸 수 있다는 뜻이다.

전류 다음으로 전압을 확인했다. 물이 한쪽에서 다른 한쪽으로 흐르려면 양쪽의 높이가 다르거나 수압이 달라야 하듯이, **전류가 흐르려면 전류가 흐르는 양쪽의 전위차가 필요한데, 그것이 바로 전압**이다. **전압이란 전류를 흐르게 하는 능력치로, 단위는 볼트(V)**다.

배터리에 적힌 전압은 12V였다. 배터리의 전압을 확인한 후 의료장비

---

15 1A=1000mA(밀리암페어)

16 전류의 이동 방향

전기에 대해서 정확히 알지 못하던 시절, 과학자들이 전류는 (+)극에서 (−)극으로 흐른다고 정했다. 나중에 실제로 이동하는 것은 (−)전하를 띠는 전자이며, 전자는 (−)극에서 (+)극으로 이동한다는 것을 알게 되었다. 그러나 처음에 전류가 (+)극에서 (−)극으로 이동한다고 생각하고 다양한 규칙을 정했기 때문에 처음에 정한 대로 유지한 것이다.

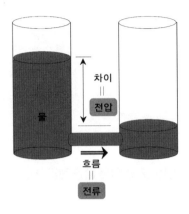

차이
=
전압

물

흐름
전류

를 확인했다. 의료장비는 일체형으로 진단과 치료를 가능하게 하는 로봇을 결합한 장비다. 의료실 장비는 전기 공급이 끊기면 축전지실에서 바로 공급을 받고, 거기서도 끊기면 응급 발전기에서 전기를 공급받게 설계되었다. 그런데 폭발로 전선이 모두 끊기면서 의료실 장비도 무용지물이 되었다. 의료장비에 전기를 공급하려면 장비에 맞는 전압을 맞춰야 한다. 의료장비에 표시된 전압은 60V였다. 12V짜리 배터리로 60V의 전압을 만들어야 한다.

직렬은 한 전지의 (+)극을 다른 전지의 (-)극과 연결하는 방법이고, 병렬은 각 전지의 (+)극은 (+)극끼리, (-)극은 (-)극끼리 같은 극을 공통으로 연결하는 방법이다. **직렬로 연결하면 전체 전압은 각 전지의 전압을 모두 합한 값**이다. 예를 들어 12V 전지 3개를 직렬 연결하면 36V가 된다. **병렬로 연결하면 전체 전압은 전지 1개의 전압과 같다.** 병렬일 경우 같은 전압의 전지가 여러 개이므로 하나를 쓸 때보다 훨씬 오랫동안 사용이 가능하

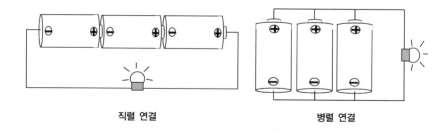

직렬 연결   병렬 연결

다. 즉 **직렬은 전압을 높일 때, 병렬은 같은 전압으로 오랫동안 사용할 때** 적절한 연결 방법이다.

일단 의료기기를 작동하려면 12V로 60V를 만들어내야 하므로 지금은 직렬로 연결해야 한다. 나는 배터리 5개를 직렬로 의료기기에 연결했다. 그러자 기기가 작동했고, 의료기기는 별도의 명령을 내리지 않아도 자동으로 사티스의 상태를 진단했다.

오로라   어떻게 된 일이야?

아이작   처음 폭발이 일어난 현장에서 발견했어.

나는 사티스와 나눈 대화와 그것을 통해 알아낸 사실을 설명했다.

로잘린   잠깐, 사건에 관한 대화는 조금 뒤에 해. 사티스의 상태가 별로 안 좋아.

오로라   그러게. 조금 추워하는 것 같네.

로잘린   따뜻하게 해줄 온열기라도 어디 없을까?

미다스   혹시 저거 말이야?

미다스가 가리킨 의료실 구석에는 크기가 각기 다른 작은 온열램프 2개가 보였다. 길이를 쭉 늘여서 사티스가 누워 있는 침대 옆에 놓고 전선을 배터리에 연결하려다 잠시 고민에 빠졌다. 이것을 직렬로 연결하는 게 나을까, 병렬로 연결하는 게 나을까?

온열램프는 이를테면 저항이다. **저항은 전류의 흐름을 방해하는 정도인데, 단위는 Ω(옴)이다. 1Ω은 1V의 전압을 걸었을 때 1A의 전류가 흐르는 도선의 저항**을 말한다. 헤어드라이어는 저항에 전류가 흐르면 열이 나는 원리를 이용한 기기이고, 백열전구는 저항이 있는 물질로 만든 필라멘트를 이용해 빛을 낸다. 요즘 쓰는 LED(발광다이오드)는 필라멘트 대신 반도체를 이용해 빛을 만들어낸다.

전압은 전류가 잘 흐르게 돕고, 저항은 전류가 흐르지 못하게 방해한다. 즉 **전류는 전압에 비례**(전류∝전압)**하고, 저항에 반비례**(전류∝ $\frac{1}{저항}$)**한다.** 따라서 전류를 I, 전압을 V, 저항을 R이라고 하면 I=$\frac{V}{R}$, V=IR, R=$\frac{V}{I}$라는 식이 성립한다.

내가 저항을 직렬로 연결할지 병렬로 연결할지 고민한 까닭은 사용 시간 때문이었다. 내 손에 들린 배터리는 10A의 전류로 한 시간 동안 사용이 가능하다. 배터리의 전압은 12V로 고정되어 있지만 사용 시간은 저항에 따라 달라진다. 전류와 저항은 반비례 관계이므로 저항이 낮을수록 전류가 세고, 저항이 높을수록 전류는 약해진다.

구분	저항의 직렬 연결	저항의 병렬 연결
전기 회로		
특징	• 각각의 저항에 걸리는 전류의 세기는 같다. $$I = I_1 = I_2$$ • 전압은 저항의 크기에 비례하여 각각의 저항에 분배된다. $$V = V_1 + V_2$$ • 각 저항을 더하면 전체 저항이 된다. $$R = R_1 + R_2$$	• 각각의 저항에 걸리는 전압의 세기는 같다. $$V = V_1 = V_2$$ • 각각의 전류 값을 더하면 전체 전류의 세기가 된다. $$I = I_1 + I_2$$ • 전체 저항 $$R = \frac{V}{I}$$ 공식에 의해 아래와 같이 유도된다. $$\frac{1}{R} = \frac{1}{R_1} + \frac{1}{R_2}$$

여러 개의 **전기기구가 직렬로 연결된 회로에서는 한 기구만 고장 나도 회로 전체에 전류가 흐르지 않는다**. 그래서 가정에 전기 안전을 확보하기 위해 설치한 퓨즈는 전기기구에 직렬로 연결하여 퓨즈가 끊어지면 모든 전기가 즉각 끊어지도록 한다. 반면 **병렬로 연결하면 다른 전기기구의 영**

향을 받지 않고 전기를 사용할 수 있기에 가정의 전기는 대개 병렬로 연결한다. 한 전선에서 여러 개의 기기를 사용하는 멀티탭도 병렬로 연결된 것이다. 따라서 온열램프 하나에 문제가 생겨도 다른 온열램프를 계속 사용하려면 병렬로 해야 한다. 그렇긴 하지만, 중요한 건 배터리를 오래 사용하는 것이므로 병렬과 직렬 중 더 오래 쓸 수 있는 연결 방법이 뭘지 계산해 보기로 했다. 나는 일단 온열램프 바닥에서 기기의 특성을 확인했다. 하나는 2Ω이고, 다른 하나는 4Ω이었다.

저항의 직렬 연결	저항의 병렬 연결
 12V 2Ω 4Ω R_1 R_2	 12V 2Ω R_1 4Ω R_2
$R = R_1+R_2 = 2\Omega+4\Omega = 6\Omega$ $I = \dfrac{V}{R} = \dfrac{12V}{6\Omega} = 2A$ 따라서 $I = I_1 = I_2 = \textbf{2A}$ $V_1 = IR_1 = 2A \times 2\Omega = 4V$ $V_2 = IR_2 = 2A \times 4\Omega = 8V$	$V = V_1 = V_2 = 12V$이므로, $I_1 = \dfrac{12V}{2\Omega} = 6A,\ I_2 = \dfrac{12V}{4\Omega} = 3A$ $I = I_1+I_2 = 6A+3A = \textbf{9A}$ $R = \dfrac{V}{I} = \dfrac{12V}{9A} = \dfrac{4}{3}\Omega$ $(\dfrac{1}{R_1} + \dfrac{1}{R_2} = \dfrac{1}{2} + \dfrac{1}{4} = \dfrac{3}{4}$, 따라서 $R = \dfrac{4}{3}\Omega)$
전체 전류의 세기가 병렬 연결에 비해 낮다. (2A)	전체 전류의 세기가 직렬 연결에 비해 높다. (9A)

계산을 해보니 직렬로 연결하면 전체 전류가 2A이고, 병렬로 연결하면 전체 전류가 9A다. 배터리는 10A로 한 시간을 쓸 수 있는 용량이다. 따라서 직렬은 2A이므로 다섯 시간 동안 사용할 수 있고, 병렬은 9A이므로 한 시간 정도밖에 쓰지 못한다. 치료가 어느 정도 걸릴지 모르므로 배터리 하나로 길게 쓰는 쪽을 택하기로 했다. 온열램프 2개를 직렬로 연결해서 작동시켰다.

온기가 전해지자 사티스의 떨림이 현저히 줄어드는 게 보였다. 로잘린은 사티스 옆에서 간호하며 치료를 도왔고, 오로라와 미다스는 나와 함께 다음 계획을 의논했다.

미다스   이제 뭘 해야 돼?

아이작   통신실과 서버에 전기를 연결해서 이곳을 에이다가 다시 통제하게 해야지.

오로라   배터리실 옆에 전기설비를 보관하는 창고가 있는데 조금 엉망이긴 했지만 전선은 멀쩡했어. 전기설비에 필요한 각종 장비도 손상되지 않았고.

아이작   좋아, 그럼 그걸 이용해서 전기를 연결하면 되는데…. 전기가 들어온다는 방까지는 아예 못 가는 거야?

오로라   그쪽은 못 가.

아이작   그럼 갑갑한데….

오로라   축전지실로 가는 길은 찾아냈어.

아이작   잘됐네. 그럼 축전지실에 전선을 연결해서 통신실과 서버실로 연결하자.

한 명은 사티스 옆에 있어야 했기에 로잘린이 의료실을 지키기로 하고, 우리는 전선이 보관된 창고로 이동했다.

창고는 규모가 제법 컸다. 이곳 기지의 모든 전기설비에 필요한 전선과 장비가 다 있었다. 폭발 충격으로 부서지고 망가진 것도 많았지만, 긴급 복구에 필요한 물자는 충분했다. 우리는 빠르게 움직였다.

축전지실까지 전선을 연결한 다음, 서버실과 통신실까지 전선을 연결했다. **안전을 확보하기 위해 중간 지점 몇 곳에 퓨즈를 직렬로 연결하고, 각 기기는 병렬로 연결해서 하나에 문제가 생겨도 다른 하나가 작동하게** 했다.

서버실과 통신실에 전기를 공급하자 에이다가 즉각 깨어나, 곧바로 서버에 기록된 정보를 올림포스 우주기지의 에이다 본체에 전송했다. 에이다는 고립된 로봇들의 상태를 확인하고, 작동 가능한 로봇들로 기지 전체의 상황을 점검했다. 지하기지 곳곳에 설치된 센서를 통해 신체 반응도 확인했다. 우리가 축전지실과 의료실의 전선을 연결했을 때 에이다는 기지 안에 고립된 몇몇 단원들의 신체 반응을 찾아냈다. 그러나 다른 곳에서는 전혀 반응이 나타나지 않았다. 센서를 이용해 단원들의 통신기기에 접속을 시도했지만, 곧바로 센서의 작동이 멈추면서 통신 연결에는 실패했다.

에이다는 로봇 한 대만 전기를 복구하는 일에 사용하고, 다른 로봇은 모두 고립된 단원들을 구하는 데 투입했다. 워낙 무너진 곳이 많아서, 단원들이 있는 곳까지 통로를 확보하기가 쉽지 않았다. 에이다는 수집된 정보를 바탕으로 기지가 입은 피해와 구조에 필요한 시간도 시뮬레이션했다. 물론 어느 정도 무너졌는지 정확히 알 수는 없으니, 그 시뮬레이션이 맞으리란 보장은 없었다. 아무튼 그렇게 산출한 구조 예상 시간은 7일이었다. 그 시간 동안, 그들이 과연 무사히 버틸 수 있을까?

치료를 마친 사티스는 안정을 찾았다. 우리는 사티스가 누워 쉴 수 있는 침상을 마련한 다음 그 옆에 둘러앉았다. 고마움과 걱정을 나누는 이야기가 오가고, 오로라가 현재 상황을 사티스와 로잘린에게 간략하게 설명했다. 대화는 자연스럽게 고립된 단원들을 구조하는 문제로 넘어갔다.

오로라　일단 시급한 문제는 마실 물이 있는지 아닌지의 여부야.

사티스　그건 걱정 안 해도 돼. 동굴 곳곳에 물이 흐르거든. 이 천연 동굴도 그 물이 만들어낸 거야.

아이작　그 석유 증류시설이 있던 곳에 혹시 깊은 우물 같은 게 있어?

사티스　맞아. 우린 그곳을 '에덴의 샘'이라고 불러. 샘물이 깊고 맑거든. 잠깐 통신이 연결된 지점 근처에도 샘이 있어. 에덴의 샘에 비하면 작긴 하지만.

로잘린   물만 있다고 일주일을 버티지는 못해. 먹을 게 없으면.

오로라   치료가 시급한 부상자가 있을지도 몰라.

아이작   에이다의 시뮬레이션에 따르면 7일쯤 걸린다고 했어. 물론 그것도 예상을 벗어난 피해가 없다는 걸 전제로.

나는 태블릿으로 에이다가 시뮬레이션한 결과를 보며 깊은 한숨을 쉬었다. 고립된 지점까지 쌓인 장애물들이 우리가 가야 할 길 같아서 답답했다. 잠시 짙고 무거운 침묵이 흘렀다.

사티스   잠깐만… 이 시뮬레이션이 맞다면… 애들이 고립된 곳으로 가는 길이 있을지도 몰라.

아이작   그게 무슨 말이야? 그곳까지 가는 길은 완전히 막혔어. 작은 관조차 없어.

사티스   그건 이 도면에서만 그렇지.

아이작   다른 길이 있다는 뜻이야?

사티스   길은 아닐 거야.

아이작   뜸 들이지 말고 정확히 설명해 줘.

사티스   이곳은 천연동굴이라 우리가 모르는 동굴도 꽤 많아. 가끔 예상치 못한 곳에서 새로운 공간을 발견하기도 해. 그러면 에이다에게 정보를 입력하지만, 사람이 이용할 수 없을 만큼 좁은 동굴은 그냥 모른 척 넘어가는 경우도 종종 있었어.

아이작 그럼 그곳까지 뚫린 동굴이 있다는 말이야?

샤티스 아마도. 내가 예전에 가로 10㎝, 길이 20㎝, 높이는 7㎝인 모형 자동차를 만든 적이 있어. 원격으로 조종해서 움직이게 하는 초기 형태의 모형 자동차를 만들어서, 작은 동굴 입구에 놔두었어. 그런데 실수로 나도 모르게 전진 기능을 켰어. 그때는 원격 조종기를 눌렀는지 몰랐지만, 나중에 로봇이 사라진 걸 알고 원격 조종기를 작동했더니 분명히 신호는 가는데, 어디 있는지 모르겠는 거야. 그러다 며칠 뒤에 우연히 그 모형 자동차를 발견했어.

아이작 발견한 곳이 지금 애들이 고립된 지점 근처구나.

샤티스 맞아. 모형 자동차를 이용하면 그 통로로 생존에 필요한 물자를 전달할 수 있을 거야.

오로라 이 거대한 폭발에 그 작은 통로가 무너지지 않고 무사할까?

아이작 그게 뭐가 중요해. 일단 뭐라도 희망을 걸어볼 만한 가능성이 나타났다는 게 중요하지.

미다스 작은 자동차를 만들 재료가 있을까?

아이작 넋 놓고 머리만 굴려봐야 뭐 해. 방법이 나왔으면 당장 시도해야지.

먼저 사티스가 모형 자동차를 놓아두었다던 곳을 확인했다. 그곳엔 정말로 작은 동굴이 뚫려 있었다. 손전등으로 비춰보니 마치 그 작은 동굴은 기지에 속하지 않은 지형처럼 안이 말끔했다. 조금 전에 사티스의 말에는 회의적인 태도를 보였던 오로라도 빨리 모형 자동차를 만들자고 서둘렀다.

우리는 난장판 속에서 모형 자동차를 만들 재료를 찾았다. 아직 안정을 취하며 쉬어야 하는 사티스는 직접 움직이지 못하고 기억을 더듬으며 우리가 찾을 부속들이 어디에 있었는지 알려주었다. 자세히 알려주긴 했지만, 현장이 워낙 엉망이라 그다지 도움이 되지는 않았다. 잔해 속에서 운 좋게 재료가 눈에 띄기를 바라는 수밖에 없었다.

모형 자동차의 핵심은 동력장치였다. 나는 처음부터 동력장치를 찾는 데 힘을 기울였다. 그러나 아무리 뒤져도 모형 자동차에 적합한 동력원을 찾지 못했다. 다른 부품을 찾아도 동력원이 확보되지 않으면 무용지물이다. 찾는 것을 거의 포기했을 때, 우연히 철가루가 자석을 중심으로 연속된 선의 형태로 놓인 걸 발견했다. 자기력선이었다.

자석과 자석 사이에는 힘이 작용하는데, 이것이 자기력이다. 모든 힘에는 크기와 함께 방향이 있다. 따라서 중력에 방향이 있듯이 자기력에도 방향이 있다. **자기력은 같은 극끼리는 밀어내는 힘인 척력이 작용하고, 다른 극끼리는 끌어당기는 힘인 인력이 작용**한다. **자기장은 자기력이 작용하는 공간으로, 자기력선은 자기장을 선으로 나타낸 것**이다. 자기력선은 N극

에서 나와 S극으로 들어간다.

지저분한 물건을 치우며 주변을 살펴보니 그런 자기력선을 만들어내는 자석이 여러 개 보였다. 자기력선의 크기나 자석의 형태로 봤을 때 자기력을 만들어내는 것은 바로 네오디움 자석이었다. 바닥에는 천장에서 떨어진 전선도 보였는데, 전기가 흐르는지 주변의 철가루가 자기력선을 형성하고 있었다. 전기가 있는 곳에 자기장이 만들어지고, 자석이 있으면 전기를 만들 수 있다. **전선이 흐르는 도선 주위에는 동심원 형태의 자기장이 형성**된다. 흐르는 도선에서 오른손 엄지를 전류의 방향에 맞추고, 네 손가락으로 도선을 감싸면, 네 손가락이 가리키는 쪽이 자기장이 흐르는 방향이다. **전류의 방향이 반대로 바뀌면 자기장의 방향도 반대**가 된다.

도선으로 코일을 만들어 전류를 흘려보내면 코일 내부에는 세기가 균일하고 축에 나란한 자기장이 발생한다. 오른손 네 손가락을 전류의 방향으로 감아쥐면, 엄지손가락이 가리키는 쪽이 자기장의 방향이다.

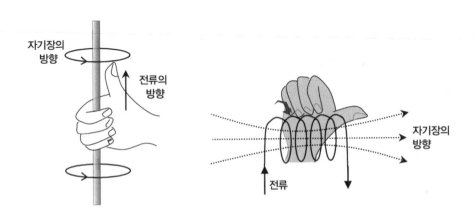

자기장이 형성된 곳에 전류가 흐르는 도선(전선)이 놓이면 도선이 힘을 받는다. 오른손을 이용하면 도선이 받는 힘의 방향을 알 수 있다. '존 앰브로즈 플레밍'이란 과학자는 이 원리를 학생들에게 설명하다가 손을 이용해 쉽게 방향을 알아내는 방법을 고안한다.[17] 사실 플레밍이란 이름으로는 페니실린을 발견한 알렉산더 플레밍이 더 유명하지만, 현대 문명에서 전기가 차지하는 의미를 생각한다면 존 앰브로즈 플레밍도 그에 못지않게 기억해야만 하는 사람이다.

만약 전류나 자기장의 방향이 바뀌면 당연히 도선이 받는 힘의 방향도 바뀐다. **전류의 세기가 셀수록, 자기장의 세기가 셀수록 도선이 받는 힘의 크기도 커진다. 전류의 방향과 자기장의 방향이 수직일 때 가장 큰 힘을 받고, 평행일 때는 힘을 받지 않는다.**

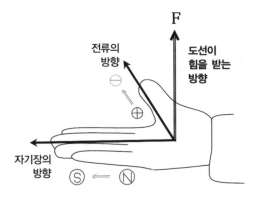

---

17 플레밍은 손을 이용해 자기장 사이로 전류가 흐르는 도선이 놓일 때 힘을 받는 방향을 알 수 있는 법칙을 발견했다. 실제로 플레밍은 왼손을 이용하여 방향을 파악하는 방법을 만들었고, 이를 '플레밍의 왼손법칙'이라고 한다. 이는 고등 교육과정에서 배우며 중등과정에서는 오른손을 이용해 도선이 받는 힘의 방향을 파악하는 방법을 배운다.

가장 중요한 점은 바로 이 원리를 이용해 전동기를 만들 수 있다는 사실이다. 선풍기, 세탁기, 전기차, 로봇, 드론, 전동드릴처럼 현대 문명의 수많은 전자기기를 작동하게 하는 것이 바로 이 원리다.

나는 네오디뮴 자석을 좌우에 고정하고 원통에 도선을 코일 형태로 감은 뒤 자석의 N극과 S극 사이에 놓고, 배터리를 도선에 연결해 전류를 흐르게 했다. 도선에 전류가 흐를 때 왼쪽과 오른쪽 전류의 흐름은 반대이므로, 힘을 받는 방향도 정반대가 되면서 도선을 감은 코일이 회전했다. 이 회전력을 이용하면 모형 자동차를 작동시킬 수 있다! 나는 환호성을 질렀다.

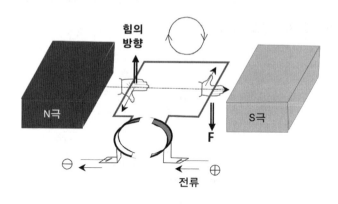

자기장의 세기를 높일수록, 코일을 많이 감을수록 전동기의 회전 속도가 빨라졌다. 회전속도는 전류를 세게 해도 빨라졌다. 나는 모형 자동차의 구조와 질량, 통과해야 할 동굴의 형태를 감안해 적절한 회전 속도를 설정

했다. 전동기가 만들어지자 나머지는 일사천리였다. 카메라와 작은 손전등을 장착하고, 통신기도 연결했다. 조금 더 복잡한 형태로 만들 수도 있었지만, 완성도보다는 시간이 중요했기에 조종 방법은 최대한 단순화했다.

조심스럽게 작은 동굴에 모형 자동차를 놓고는 원격 조종기로 앞으로 나아가게 했다. 동굴 초입과 마찬가지로 동굴 안쪽도 아무런 충격을 받지 않은 듯 멀쩡했다. 그래도 혹시 모르니 조심스럽게 조종했다. 20분을 천천히 이동한 끝에 모형 자동차는 환한 공간에 도달했다. 모형 자동차에 달린 소음기를 작동하니 귀청이 떨어질 듯한 시끄러운 소음이 울렸고, 곧이어 황급히 달려오는 단원들의 모습이 카메라에 나타났다.

3

물질의 특성과
아르키메데스의 목욕탕

　그 후로 우리는 모형 자동차를 이용해서 고립된 단원들에게 음식과 의약품을 계속 공급했다. 미다스는 제한된 재료로 다양한 요리를 만드는 역할을 담당했는데, 어느 때보다 활기가 넘쳤다. 로잘린은 다친 단원들의 건강 상태를 계속 확인하고 점검했다. 의료 로봇의 도움을 받아 필요한 처치를 전달하기도 하고, 건강이 나빠지면 필요한 약을 보내주기도 했다. 또 고립된 단원들이 불안에 떨지 않도록 따뜻한 대화를 나누며 불안과 공포가 커지지 않도록 하면서, 틈나는 대로 미다스를 도왔다. 오로라는 모형 자동차를 여러 대 더 만들었고, 그것을 조종해 물자를 나르는 역할을 맡았다. 구조 뒤에 원활하게 생활할 수 있도록 생활물자도 비축했다. 에이다는 로봇을 조종하며 모든 역량을 구조에 쏟았다. 나는 태양 발전소에서 전기를 끌어와 전기가 안정적으로 공급되도록 수리하고, 배터리를 충전해 구조 작업을 하는 로봇에게 전달했다. 단 1분도 로봇이 쉬지 않도록 배터리를 적절하게 교체해 주어야 했다.

처음에 나는 전기배선을 수리하느라 정신없이 바빴지만, 이틀 동안 고생한 끝에 필요한 작업을 모두 끝냈다. 그다음부터는 배터리 관리만 해주면 되므로 여유 시간이 생겼다. 그래서 자세히 사고를 조사하기로 했다. 세밀하게 조사하려면 그동안 드러난 사실을 종합하고, 조사의 방향도 꼼꼼하게 세워야 했다.

전기배선이 안전한지 마지막으로 확인하고 미다스가 일하는 식당으로 갔다. 편안하게 생각을 정리하고 계획을 세우기에는 그곳이 적합했다. 땀을 닦으며 식당에 들어섰더니 미다스가 신나게 일하고 있었다.

미다스   배선 작업은 다 끝냈어?

아이작   생활관까지 다 연결했어.

미다스   고생했네. 자, 이거 마셔.

미다스가 꽤 큰 유리잔을 건넸다. 유리잔 위에는 얼음이 떠 있고, 중간은 그냥 물이었는데 바닥에는 빨간색 물질이 가라앉아 있었다.

아이작   이게 뭐야?

미다스   농장에서 기르는 과일을 딴 건데 갈아서 음료로 만들었어.

제법 맛있으니까 마셔봐.

아이작　제대로 갈리긴 한 거야?

미다스　믹서 성능이 별로 안 좋긴 한데, 잘 흔들어서 마시면 괜찮아.

아이작　고마워.

유리잔을 빙글빙글 돌리자 빨간색 **용질**과 투명한 **용매**가 섞이면서 음료수 전체가 빨갛게 변했다. 입을 대고 한 모금을 살짝 마셨다. 상큼하고 시원하면서도 향긋한 맛이 입과 코를 행복하게 했다. 내가 맛있다고 감탄하자 기분이 좋아진 미다스는 노래까지 불렀다. 나는 잔을 옆에 두고 조금씩 마시면서 생각을 정리했다.

통신이 연결되면서 고립된 단원들의 상태를 확인해 보니, 부상자는 꽤 많았지만 모두 무사했다. 부상자도 모두 가벼운 상처뿐이었다. 처음에는 그냥 운이 좋았다고 여겼는데, 자세히 대화를 나눠보니 리튬 폭발 덕분이라는 것이 드러났다. 맨 처음에 리튬으로 인한 폭발이 일어나자 그것을 조사하기 위해 일부는 움직였고, 나머지는 안전지대로 이동했다. 그 덕분에 강력한 폭발이 일어났던 지역에서 모두 벗어났던 것이다. 이것을 단순한 우연이라고 보기는 힘들었다.

폭발을 계획한 범인은 일단 리튬을 이용해 사람들이 안전한 곳으로 이동하도록 조치를 취했다. 그렇지 않았다면 대규모 사상자가 날 수도 있었다. 범인은 범행을 저지르면서도 우선 단원들의 안전을 고려했다. 그런

데도 이니마는 사고로 위장해서 죽였다. 이니마를 죽인 걸 숨기려고 폭발을 일으켰을까? 그 혼란으로 범인을 추적하기 어렵게 만들려고 했을까? 그렇다고 하기엔 칼륨과 나트륨으로 만들어낸 폭발의 규모가 지나치게 컸다. 알리바이를 숨기고 혼란을 일으킬 목적이었다면 작은 폭발만으로도 충분했다. 교묘하고 잔인하게 이니마를 죽인 범인이 다른 사람들의 안전을 고려했다는 건 아무리 따져봐도 앞뒤가 맞지 않았다.

대규모 폭발을 일으킨 목적은 분명히 따로 있었다. 알리바이에 혼란을 주기 위해 일으킨 범죄가 아니다. 그렇다면 이니마를 죽인 범인과 폭발을 일으킨 범인이 다를까? 어쩌면 그 둘이 공범일 수도 있다. 아니면 전혀 다른 목적을 지닌 범죄자 둘이 우연히 비슷한 시간에 범죄를 벌인 것일까? 이니마가 죽은 공간에 남아 있던 로마자 'Ⅶ'이 뜻하는 건 무엇일까?

답이 나오지 않았다. 목이 말랐다. 다시 음료수를 집어 들었다. 무심코 입에 댔는데, 맛이 밍밍했다. 음료수 잔을 보니 빨간 침전물이 다시 바닥으로 가라앉아 있었다. 잔을 흔들어 균일하게 침전물을 섞으려다가, 손을 멈추고 유리잔을 가만히 들여다보았다.

내가 마시는 과일주스는 '비균일혼합물'이었다. 비균일혼합물은 성분 물질이 고르지 않게 섞인 혼합물이다. **물질은 순물질과 혼합물로 나뉘는데, 순물질은 한 가지 물질로만 이루어진 물질**이고, **혼합물은 둘 이상의 순물질이 섞인 물질이다.** 순물질은 금, 구리, 산소, 철처럼 **한 가지 원소로만 이루어진 물질인 홑원소물질**과 물, 염화나트륨처럼 **두 가지 이상의 원소로**

이루어진 물질인 화합물로 나뉜다. **혼합물은** 공기, 바닷물, 식초처럼 **성분 물질이 고르게 섞인 물질로 성분비가 일정한 균일혼합물**과 우유, 암석, 과일주스처럼 성분 물질이 고르지 않게 섞여서 **성분비가 일정하지 않은 혼합물인 비균일혼합물**로 나뉜다.[18]

이니마 옆에는 증류수 병이 있었다. 살인에 이용한 도구는 2리터짜리 증류수 물병이었다. 사람들이 흔히 마시는 물은 순물질이 아니다. H_2O는 순물질이지만 실제로 우리가 마시는 물은 혼합물이다. 혼합물인 물에서 H_2O만 뽑아낸 순물질이 증류수다. 증류수는 실험에 사용하지, 음용수로 사용하지 않는다. 그곳엔 증류수 병만 있었다. 이것도 살인이라고 의심하는 간접증거가 된다. 더구나 질산은이 든 것으로 의심되는 물병은 2리터짜리였고 나머지 4개는 1리터짜리였다. 그 불균형도 범죄의 간접증거다.

어떤 물질을 이용하기 위해서는 순물질 상태인 게 좋다. 그렇지만 세상에 존재하는 대부분의 물질은 서로 뒤섞인 채 존재하는 혼합물이다.

18　순물질과 혼합물
- 순물질 : 한 가지 물질로만 이루어진 물질.
  - 홑원소물질 : 한 가지 원소로 이루어진 물질. (금, 구리, 산소, 철)
  - 화합물 : 두 가지 이상의 원소로 이루어진 물질. (물, 염화나트륨)
- 혼합물 : 둘 이상의 순물질이 섞인 물질.
  - 균일혼합물 : 성분물질이 고르게 섞인 혼합물. 성분비가 일정함. (공기, 바닷물, 식초)
  - 비균일혼합물 : 성분물질이 고르지 않게 섞인 혼합물. 성분비가 일정하지 않음.
    (우유, 암석, 과일주스)

이 유리잔에 든 얼음과 물과 과일 침전물은 흔들면 하나로 섞인 것처럼 보이지만, 곧바로 얼음은 물 위에 뜨고, 갈린 과일 조각은 아래로 가라앉는다. 이것은 물과 얼음과 과일 조각의 밀도가 다르기 때문이다. **밀도는 단위 부피에 해당하는 물질의 질량**이다.

$$밀도 = \frac{질량}{부피} \text{(단위 : g/cm}^2\text{, g/m}\ell\text{, kg/m}^3\text{)}$$

밀도가 물질의 고유한 특성이라는 것을 처음 알아낸 사람은 바로 "유레카!"로 유명한 아르키메데스다. 어느 날 왕이 아르키메데스에게 왕관을 주며 제공한 순금을 모두 사용해서 만들었는지 확인하라고 지시한다. 왕관을 다시 녹이면 간단히 확인할 수 있지만, 문제는 복잡한 형태의 왕관을 그대로 두고 순금을 다 사용했는지 알아야 한다는 것이었다. 한참 고민하던 아르키메데스는 목욕탕에 몸을 담그다 위로 올라오는 물을 보고 그 해결책을 떠올린다. 왕관을 넣은 만큼 물의 높이가 올라가고, 그걸 이용하면 왕관을 전혀 훼손하지 않고 왕관의 부피를 알 수 있다.

그런데 부피를 알아냈다고 해서 어떻게 왕관이 순수한 금으로만 만들어졌는지 알 수 있을까? 그것은 바로 모든 물체에는 밀도라는 특성이 있기 때문이다. 예를 들어 똑같은 부피의 나무와 벽돌이 있다고 하자. 부피는 같지만 밀도는 벽돌이 훨씬 크다. 그래서 벽돌이 나무보다 더 무거운 것이다. 만약 왕관이 순금으로만 만들었다면 왕관을 만들었다고 한 순금의 밀도와 실제 왕관의 밀도가 같아야 한다. 부피는 물을 이용해 바로 알아낼 수 있고, 왕관의 무게는 저울로 재면 된다. 부피와 질량을 이용해 산출한 밀도의 값을 서로 비교하면 왕관을 순금으로 만들었는지, 아니면 불순물을 섞어서 만들었는지 알 수 있다.

물질은 종류에 따라 밀도가 다르지만, 같은 물질이라도 상태에 따라서 밀도가 변한다. 거의 모든 **물질은 고체의 밀도가 가장 크고, 액체가 그 다음이며, 기체의 밀도가 가장 작다**(밀도: 고체>액체>기체). 그러나 **물은 고체보다 액체의 밀도가 더 크다**(물의 밀도: 액체>고체>기체). 그래서 밀도가 물보다 작은 얼음이 물 위에 뜨는 것이다. 만약에 얼음이 물보다 밀도가 높았다면 물 위에 얼음이 떠 있지 않고 어는 족족 물속으로 가라앉을 것이다. 그러면 추위에 노출된 물은 계속 얼어붙으며 결국 바닥까지 꽁꽁 얼 것이고, 겨울에는 물에서 아무 생명도 살지 못할 것이다.

과일주스를 다시 흔들었다. 침전물이 골고루 섞이며 다시 빨간색으로 변했다. 나는 맛을 음미하며 바닥까지 다 마시고는 자리에서 일어났다. 일단 사건 현장을 다시 확인하기로 했다. 의심으로만 살인을 단정할 수는 없다. 증거가 명확해야 한다. 질산은일 가능성이 높지만 100% 확실하지는 않다. 질산은은 밀도 차이로 분리해 내지 못하니, 증류수에서 질산은을 확실하게 분리할 방법을 찾아야 한다. 다 마신 잔을 싱크대로 가져가는데, 옆에서 요리하던 미다스가 투덜거렸다.

과학추리단과 물질의 세계

아이작　왜 그래? 뭐 문제 있어?

미다스　문제야 늘 많지.

　처음 음식을 준비하며 미다스를 가장 괴롭힌 건 엉망이 된 식재료 창고였다. 특히 폭발로 인해 곡물이 돌가루와 섞이면서 곡물에서 돌가루를 골라내는 게 큰 과제였다. 고민 끝에 찾아낸 방법은 조상들이 쓰던 방식인 조리질과 키내림이었다. **조리질은 곡물과 돌의 밀도 차이를 이용하는 방식**이다. **물에 넣고 흔들면 밀도가 작은 곡물이 돌보다 위로 뜨는데, 그때 조리를 이용해 곡물만 걸러내는 것**이다. 키내림이란 곡식에 섞인 티끌을 바람에 날려 보내기 위해 곡식을 키[19]에 담아 높이 들고 위아래로 흔들면서 알곡을 골라내는 작업으로 밀도 차이를 이용한 것이다. 다양한 분야에서 혼합물을 분리할 때 사용하는 **원심분리기**도 물질의 밀도 차이를 이용한 장치다. 밀도가 다른 입자들을 고속으로 회전시키면 밀도가 큰 입자는 빠르게 가라앉고 밀도가 작은 입자는 느리게 가라앉는데, 이러한 이동 거리를 이용하여 물질을 분리하는 것이 원심분리기다.

미다스　내가 식재료 창고에서 달걀을 찾아냈는데, 상태가 안 좋은

19　키

곡식 따위를 까불러 쭉정이나 티끌을 골라내는 전통 농경사회의 도구다. 버들이나 대를 납작하게 쪼개어 앞은 넓고 평평하게, 뒤는 좁고 우긋하게 엮어 만들었다.

것도 있고 좋은 것도 있어. 달걀을 삶아서 보내면 간단하면서도 편하게 단백질도 보충하고 좋잖아. 그래서 찌려고 하는데 어떤 달걀이 좋고 나쁜지 구분하기 어려워서 답답해. 상태를 확인하려면 깨야 하는데, 그러면 삶을 수가 없으니….

아이작　물에 넣어보면 구분이 될 텐데….

미다스　넣어봤지만 똑같았어.

아이작　내 말은 그냥 물 말고 소금물에 넣어보라고.

미다스　소금물에? 왜?

아이작　소금물에 넣으면 신선한 달걀은 아래로 가라앉고, 오래된 달걀은 위로 뜰 거야.

미다스　아, 이것도 조리질이나 키내림처럼 밀도 차이를 이용하는 거구나.

아이작　그래. 신선한 달걀은 소금물보다는 밀도가 크지만, 오래된 달걀은 소금물보다 밀도가 작거든.

미다스　고마워.

미다스에게 조언을 건네고 나서 나는 이니마가 살해된 장소로 갔다. 그곳에 가자마자 로마자 Ⅶ부터 다시 확인했다. 발견한 지 며칠이 지났지만 그대로 글씨가 남아 있었다. 에덴 13기지와 이곳에서 동시에 발견된 '7'을 뜻하는 저 로마자는 무슨 의미일까? 무슨 상징 같기는 한데 왜

7을 상징기호로 사용할까? 그들은 도대체 무슨 목적으로 활동할까? 어떻게 이런 조직이 만들어졌을까? 정말 올림포스 우주기지에서 내가 예상했던 것처럼, 에이다 안에는 에이다 자신도 알아채지 못하는 알고리즘이 심어졌을까? 어느 하나도 명확한 답이 없었다.

나는 Ⅶ이 적힌 주변부터 샅샅이 살폈다. 에덴 13기지에서 발견했던 것과 같은 글씨의 흔적을 발견하긴 했지만 무척 흐렸다. 태블릿으로 촬영해서 보정해 봤지만 단 한 글자도 알아보기 어려웠다. 실망스러웠지만 포기하지 않고 더 꼼꼼히 주변을 살피던 나는 한곳에서 다섯 장이나 되는 종이를 발견했다. 전에도 말했지만 제2지구에서 종이는 흔하지 않다. 모든 걸 태블릿으로 처리하므로 종이를 쓸 일도 없다. 그런데 이니마가 죽은 이곳에서 종이가 발견되다니. 그것도 다섯 장이나. 내가 추리한 것이 맞다면 종이는 분명히 폭파 사건과 연관이 있다.

종이를 꺼내서 살폈다. 첫째 종이에는 온갖 물질의 녹는점과 끓는점이 적혀 있었다. 둘째 종이에는 몇몇 물질의 녹는점과 끓는점이 그래프와 함께 적혀 있었다. 셋째 종이에는 표와 함께 끓는점이 적혀 있고, 넷째 종이에는 그림이 그려져 있었는데 상단에 '증류탑'이란 글씨가 크게 적혀 있었다. 다섯째 종이에는 아무런 글씨가 없었다.

아이작　　녹는점, 끓는점, 증류…. 이걸 이니마가 썼다면….

내 눈에 증류수가 담긴 물병 4개가 들어왔다. 다시 종이에 적힌 내용을 확인했다. **증류는 혼합물을 가열해서 나오는 기체 물질을 다시 냉각해 순물질을 얻어내는 방법**으로 순수한 물, 즉 H_2O(증류수)를 얻을 때 사용한다. 바닷물에서 식수를 얻거나, 탁주에서 소주를 만들 때도 증류를 사용한다. **끓는점은 물질의 고유한 특징**인데, **증류는 물질마다 끓는점이 다른 특성을 이용해서 혼합물을 분리하는 방법**이다. **끓는점, 녹는점, 어는점은 물질의 고유한 특성**으로 물질의 종류에 따라 다르다. 단 **그 특성은 물질의 양에 관계없이 일정**하다. 물의 양이 많은지 적은지에 따라 끓는 시간에는 차이가 있지만 끓는점은 1기압에서 늘 100℃다. 1기압에서 물의 끓는점은 100℃, 에탄올의 끓는점은 78℃, 아세톤의 끓는점은 56.5℃다. 따라서 물과 에탄올과 아세톤이 섞인 혼합물이 있다면 이렇게 끓는점의 차이로 물질을 분리해 낼 수 있다.

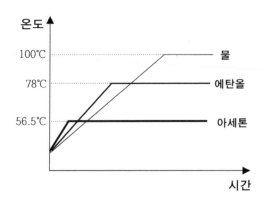

끓는점은 액체가 끓어서 기체가 되는 동안 일정하게 유지되는 온도[20]다. **외부의 압력이 높아지면 끓는점이 올라가고, 압력이 감소하면 끓는점이 내려간다.** 그래서 산에 올라가면 끓는점이 내려가서 밥이 설익고, 압력솥에 밥을 하면 끓는점이 올라가 밥이 잘 익어서 맛있다.

물을 끓이면 그 양에 관계없이 끓는점이 일정하다. 그러나 소금물을 가열하면 끓는점이 달라진다.

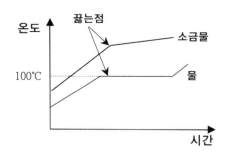

내가 가장 관심이 가는 내용은 셋째와 넷째 종이에 적힌 원유 증류법이었다. 원유는 다양한 물질이 섞인 혼합물이다. 끓는점의 차이를 이용하는 증류를 통해 원유는 LPG(석유가스), 가솔린(휘발유), 등유, 경유, 중유, 아스팔트로 분리할 수 있다.

---

20 **녹는점과 어는점**
- 녹는점 : 고체가 녹아 액체로 되는 동안 일정하게 유지되는 온도.
- 어는점 : 액체가 얼어 고체로 되는 동안 일정하게 유지되는 온도.
  (순수한 물질의 어는점과 녹는점은 같다.)

증류탑	종류	끓는점	사용
	LPG	−42~1℃	가스렌지
	휘발유	30~120℃	자동차
	등유	150~280℃	항공기
원유	경유	230~350℃	디젤 자동차
	중유	300~ ℃	배
	아스팔트		도로 포장

원유를 증류하려면 먼저 원유를 370℃ 이상으로 가열해서 증류탑에 넣는다. 증류탑은 위로 올라갈수록 온도가 낮아진다. 증류탑에 투입된 원유는 가열된 기체 상태이기에 위로 상승하다가 자신의 끓는점보다 낮은 층에 도달하면 액화되어 밖으로 분리된다. 증류탑에서 마지막으로 분리되는 것은 탄소의 수가 작고 가벼운 물질인데, 그것을 사용하기 쉽도록 액체로 만든 것이 LPG다. LPG에는 탄소가 하나인 '메탄(CH_4)', 2개가 연결된 '에탄(C_2H_6)', 3개가 연결된 '프로판(C_3H_8)', 탄소가 4개 연결된 '부탄(C_4H_{10})'이 들어 있다. 그리고 저 LPG는 두 번째 대규모 폭발을 일으킨 물질이자, 세 번째 대규모 수소폭발을 일으킨 방아쇠였다.

사티스는 석유 증류시설이 있는 곳에서 첫 폭발이 일어났다고 했다. 즉 칼륨과 나트륨은 그곳을 겨냥했다. 그런데 왜 군이 칼륨과 나트륨을 같이 사용했을까? 폭발력을 키우기 위해서일까? 아니면 두 곳을 노렸을까? 두 곳이라면… 석유 증류시설이 두 곳일까? 확인이 필요했다. 내 짐작엔 범인은 석유 증류시설과 석유 시추시설을 노린 것 같다. 범인이 노리는 게 석유의 시추와 이용을 모두 막는 것이라면 증류시설뿐 아니라 시추시설도 파괴해야만 한다.

이니마는 이곳에서 무엇을 했을까? 저 종이는 이니마의 것일까? 가동 중이던 석유 증류시설의 원리를 이해하려고 공부하던 중이었을까? 아니면 그저 처음에 이곳을 만들 때 기록한 흔적을 갖고 있었던 걸까? 글씨체로 봐서는 여자의 글씨 같았다. 이곳이 이니마가 자주 사용하는 곳이라면 저 종이는 이니마의 것이고, 글씨도 이니마의 것일 가능성이 높다.

아이작　여기서 뭘 했을까? 그리고 왜 살해당했을까?

나는 종이를 다시 살피고는 한 장씩 내려놓았다. 그러다 마지막 장을 내려놓는데 묘한 질감이 느껴졌다. 사실 질감이라고 표현하긴 했지만, 어쩌면 직감인지도 모르겠다. 나는 다섯 번째 종이를 가만히 들여다봤다. 종이는 다섯 장이다. 그런데 왜 이것만 비어 있을까? 이게 정말 비어 있는 종이일까?

문득 해보고 싶은 게 있었다. 나는 온열기를 가져와서 전원을 켰다. 뜨거워진 온열기 위에 종이를 가까이 댔다. 처음엔 아무런 변화가 없었지만 점점 종이 위에 글씨가 나타났다. 글씨체는 앞에서 보던 네 장과 똑같았다. 종이에는 석유 시추시설과 증류시설을 폭파하는 계획이 촘촘하게 적혀 있었다. 모든 것이 내가 예상한 그대로였다. 그리고 마지막에는 이 계획을 세운 주체가 표시되어 있었는데, '제Ⅶ기사단'이었다.

아이작　제7기사단이라니… 도대체 이건…!

Ⅶ은 제7기사단을 뜻하는 기호였다. 에덴 13기지 납치범들이 바로 제7기사단이었다. 이제껏 나는 이니마 살해범도, 폭발을 일으킨 범인도, 13기지 납치범도 모두 같은 조직이라고 믿었다. 그들이 석유시설을 공격한 점, 사람의 안전을 고려한 점을 봤을 때 그들이 지향하는 바도 어느 정도 짐작이 되었다. 그런데 만약 이 글씨체가 이니마의 것이라면, 그도 제7기사단이란 뜻이고, 이 계획에 깊이 관여했다는 뜻이 된다. 이니마의 필적이야 에이다에게 있으니 보여주기만 하면 곧바로 확인될 것이다.

이니마가 제7기사단이라면 왜 살해당했을까? 설마 배신할 조짐을 보여서 죽인 걸까? 그럴 리 없다. 다른 이들의 안전을 꼼꼼하게 고려한 조직이 사람을 죽였다는 것은 앞뒤가 맞지 않는다. 그리고 무엇보다 사람을 죽이기에는 우리 모두 너무 어리다. 살인은 그럴 만한 원한이 있거나 어떤 중대한 목적이 있을 때에나 저지르는 짓이다. 우주에서 태어나서 자랐고, 제2지구에 온 지 얼마 되지도 않은 사이인데 서로 죽일 만한 원한이

쌓였을 리 없다. 그러면 남는 것은 어떤 목적을 이루기 위해 죽였다는 말인데, 도대체 사고사로 위장해 사람을 죽일 만큼 꼭 이뤄야 할 목적이 과연 뭘까? 살인을 통해서 이루는 목적이라면 절대 선한 목적이 아니다. 하나의 미로에서 벗어났더니 또 다른 미로가 앞에 나타난 것 같았다.

아이작　일단 여기서 계획한 걸 하자. 일단은….

난 혼란스러움을 옆으로 밀어내고 원래 하고자 했던 작업을 실행하기로 했다. 내가 하려는 것은 실험이었다. 이니마를 죽인 물질이 질산은 $(AgNO_3)$인지 확실하게 확인하는 실험이었다. 어떤 물질이 다른 물질과 구별되는 고유한 성질로는 녹는점, 어는점, 끓는점, 밀도 등이 있는데, 가장 확실한 것 중 하나가 용해도다.

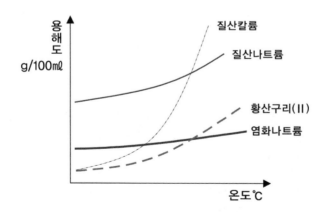

용해도는 어떤 온도에서 용매 100㎖에 최대한 녹을 수 있는 용질의 g으로 나타낸다.[21] 일정한 온도에서 같은 용매에 대한 용해도는 물질마다 고유한 값이 있으므로, 용해도 곡선을 통해 어떤 물질인지 구분할 수 있다.

용해도 곡선상의 용액은 포화용액이다. **포화상태는 해당 온도에서 용질이 녹을 수 있는 양만큼 녹은 상태, 불포화상태는 해당 온도에서 용질이 녹을 수 있는 양보다 적게 녹은 상태, 과포화상태는 해당 온도에서 용질이 녹을 수 있는 양보다 더 많이 녹은 상태**를 말한다. 과포화상태는 녹을 수 있는 최대치보다 억지로 더 많이 녹였으므로 가만히 두면 침전물이 생긴다. 포화용액을 냉각하면 재결정이 이루어지고 순수한 고체 물질을 얻을 수 있다.[22]

대부분의 **고체는 용매의 온도가 높을수록 용해도가 증가**하는데, **기체는 압력이 높고 용매의 온도가 낮아야 용해도가 높다.** 탄산음료는 탄산을 물에 녹인 것인데, 낮은 온도를 유지하고 뚜껑을 닫아서 높은 압력을 유지해야 탄산이 잘 녹아 있다. 만약 뚜껑을 열면(압력이 낮아지면) 탄산이 날아가고, 온도가 올라가도 탄산이 빠르게 공기 중으로 날아가 버린다.

---

21 용질, 용매, 용액
- 용질 : 녹는 물질.
- 용매 : 다른 물질을 녹이는 물질.
- 용액 : 용매와 용질이 섞인 물질.

내 목적은 이니마를 죽인 물질이 질산은인지 확실하게 확인하려는 것이다. 나는 먼저 보관실에서 찾은 질산은으로 용해도(g/100㎖)를 확인했다.[23]

온도	0℃	10℃	25℃	40℃	100℃
용해도	122g	170g	256g	373g	912g

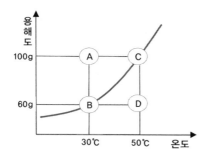

몇 번이나 반복해서 실험하며 용해도를 조사하고, 그래프를 그렸다. 그러고 난 뒤에 이니마를 죽인 물질의 용해도를 확인하는 실험도 진행했다.

먼저 증류를 통해 이니마를 죽인 물에 녹아 있던 물질을 추출했다. 다음으로 첫 실험과 마찬가지로 물의 온도에 따라 녹는 양을 측정했다. 만약에 **두 실험을 통해서 나타난 용해도 곡선이 같다면 두 물질은 동일**하며, 이니마를 죽인 물질이 바로 질산은이라는 것이 확실해진다. 실험 결과는 예상대로였다. 이니마가 마신 음료에는 질산은이 들어 있었다.

내가 이 사건을 사고사가 아니라 살인사건으로 단정했던 중요한 이유는 바로 '맛'이다. 질산은이 들어간 음료는 금속 맛이 느껴진다. 따라서 실수로 마셨다면 곧바로 뱉어버릴 것이다. 죽을 정도의 양이면 금속 맛이 제법 세게 느껴졌을 텐데, 금속 맛이 느껴지는데도 참고 마실 사람은 없다.

이니마의 피부와 옷에 나타난 흔적도 살해의 증거다. 이니마의 피부에는 화상을 입은 듯한 자국이 있고, 옷도 검게 변했다. 오로라가 말한 대로 그것은 질산은이 묻었을 때 나타나는 반응이다. 그런데 문제는 그 자국과 흔적의 형태다. 뱉어냈다면 입에 들어온 물을 뿜었을 텐데, 이니마의 피부에는 입에서 목으로 물이 줄줄 흐른 것처럼 화상 흔적이 있었고, 목과 앞가슴의 옷이 검게 변해 있었다. 즉 스스로 마신 게 아니라 누가 강제로 먹였을 때 나타나는 흔적이다. 그렇다면 상대방이 이니마보다 월

등하게 힘이 세다고 가정할 수 있다. 이곳엔 30명이 있고, 남자와 여자의 성비는 똑같다. 여자 중에는 이니마를 그렇게 힘으로 완벽하게 제압할 만한 사람이 없다. 그렇다면 범인은 완력이 강한 남자일 테고, 용의자가 좁혀진다.

나는 실험을 마치고 증거를 모두 정리한 뒤에 다시 식당으로 돌아왔다. 미다스는 운반이 편하도록 음식을 포장하고 있었다. 때마침 로잘린과 오로라도 왔다. 우리는 다 같이 음식을 모형 자동차에 실어서 통로로 보냈다. 음식을 전달하고 로봇의 배터리를 교체한 뒤에 나는 사티스에게 갔다. 그때까지도 우리는 사티스에게 이니마가 죽었다는 사실을 말하지 않았다. 나는 먼저 종이에 대해 물었다.

아이작   혹시 종이를 필요 이상으로 많이 모으는 단원이 누군지 알아?

사티스   종이? 그건 왜?

아이작   폭파 사건의 진상을 밝히는 데 필요해서 그래.

사티스   종이라면… 내 기억엔… 갈레노가 많이 모았는데.

나는 태블릿을 열고 갈레노의 신상 정보를 확인했다. 갈레노는 남자인데, 몸집이 왜소했다. 힘으로 이니마를 제압할 만한 신체조건은 아니다.

아이작   종이를 가져간 이유는 혹시 알아?

샤티스 글쎄, 딱히 이유는 몰라. 여기엔 이상한 수집광들이 많아. 독특한 취미생활을 하는 애들도 많고. 알겠지만 제1지구처럼 즐길 게 많은 곳이 아니잖아.

아이작 그럼 그냥 종이를 취미로 수집하나 보다, 했겠네?

샤티스 그렇지. 나도 예쁘게 생긴 돌을 모으는 취미가 있어. 여기선 그게 오히려 자연스러워.

종이를 수집하는 건 어느 정도 자연스러운 행동이었다. 그렇다면 갈레노는 전혀 의심을 받지 않고 많은 종이를 모을 수 있었을 것이다.

샤티스 그런데 갈레노가 종이를 가져간 게 이 폭파 사건과 무슨 상관이 있어?

아이작 그건 조금 뒤에 얘기하기로 하고. 혹시 갈레노가 환경에 관심이 많았어?

샤티스 그걸 네가 어떻게 알아? 혹시 에이다가 알려줬어?

아이작 아니야. 그냥 짐작한 거야. 어느 정도인지 말해줄 수 있을까?

샤티스 실험이나 생산을 한 뒤에 나오는 쓰레기를 보면 엄청 싫어했어. 쓰레기 처리에 대한 대책이 없으면 그런 물건을 만들면 안 된다고 전체 모임에서 몇 번이나 주장하기도 했고. 고기를 안 먹고 채식만 하는 건 기본이고.

아이작 혹시 갈레노가 이니마와는 어떤 관계였어?

사티스 이니마는 왜?

아이작 이유는 묻지 말고 대답해 줘.

사티스 친했지. 둘이 엄청나게 잘 통했거든.

아이작 잘 통한다는 건…?

사티스 환경 말이야. 둘 다 채식을 했고, 환경 문제에 관심이 많았어. 갈레노가 나서서 떠드는 편이라면 이니마는 조용히 우리끼리 대화할 때 자기 의견을 드러내는 편이었어. 나도 귀가 아프토록 이니마한테 들었으니까.

아이작 둘이 혹시 다투거나 싸운 적은 없어?

사티스 갈레노랑 이니마가 싸운다고? 말도 안 돼. 둘이 얼마나 잘 통했는데. 다들 그 애들 몰래 말했어. 저 둘은 나중에 분명히 부부가 될 거라고.

아이작 그럼 둘 말고 환경 문제에 관심이 많은 사람은 또 없었어? 아니면 둘과 잘 어울렸거나.

사티스 둘 외엔 별로…. 알다시피 여긴 화학물질을 엄청나게 많이 다루고, 수많은 물질을 생산하고 가공하는 곳이라 환경 쪽에 관심이 많은 성향과는 어울리지 않는 곳이야. 석유도 개발하는데… 잠깐만, 혹시…?

나는 느리게 고개를 끄덕였다. 사티스는 잠시 숨을 참은 채 나를 가만히 보더니 짙고 무거운 숨을 천천히 내뱉었다.

사티스   안 그래도… 나도 조금 의심이 들긴 했어. 둘 다 석유시설을 엄청 반대했거든. 전체 회의에서 웬만하면 강하게 발언하지 않는 이니마가 세게 나설 정도였으니까. 그런데 그게 가능해? 둘은 그 폭발 현장에 있을 수가 없어.

아이작   알리바이가 확실하단 뜻이야?

사티스   이니마는 폭발이 일어난 날, 화학물질 보관실에 있는 자기 실험실에 머물러 있었을 거야. 내가 아침에 실험실로 들어가는 걸 봤으니까. 다른 데 간다고 해도 원유 정제시설이나 시추시설까지는 너무 멀어. 그리고 갈레노는 원유시설이 있는 곳에서 가장 먼 곳에서 작업해. 그러니까 둘 다 그곳에 폭탄이든 뭐든 설치할 수가 없어.

아이작   알리바이야 얼마든지 속일 수 있어.

사티스   그거야 애들이 다 구출되면 알 수 있겠지. 그리고 도대체 뭘로 그 큰 석유시설을 폭파한다는 거야? 가스폭발은 아닐 테고…. 여기서 화학물질을 많이 만들긴 하지만 폭발물에 사용되는 물질은 일절 만들지 않아.

나는 나트륨, 칼륨, 리튬이 물에 닿으면 빠른 반응으로 인해 폭탄처럼 터진다는 사실을 설명했다. 그리고 리튬을 이용해 주변 아이들을 안전한 곳으로 유도했다는 사실도 말해주었다.

사티스   석유시설이 있는 곳에 물이 있는 건 사실이야. 증류시설에 도, 시추시설에도 있어. 그런데 칼륨과 나트륨을 어떻게 물에 던지는데? 1㎞ 밖에서, 지하 시설물을 뚫고 물에 던질 능력자는 없어.

아이작   종이를 이용하면 돼.

사티스   종이라니?

아이작   종이는 약해. 그렇지만 종이를 새끼줄처럼 꼬면 단단해져.

오로라는 이 기지에 왔을 때 긴 머리카락이 자꾸 흘러내리자 머리카락을 세 갈래로 나누어 꼼꼼하게 땋았다. 나는 종이를 보자마자 그렇게 땋으면 꽤 단단하겠다는 생각을 떠올렸다. 아무리 약한 물질도 특별한 형태를 취하면 훨씬 단단해진다. 물질뿐 아니라, 어떤 면에서는 사람도 그렇다.

아이작   그 위에 칼륨이나 나트륨을 올려놓아도 버틸 만큼. 그렇지만 종이야. 특수처리를 하지 않는 이상 종이는 물에 약해. 물이 많은 곳 위에 종이 새끼줄을 이용해 칼륨과 나트륨을 고정해 둬. 그런데 위에서 물방울이 천천히 떨어져서 종이를 적시면 어떻게 될까?

사티스   종이가 점점 약해지면서… 나중엔 끊어지…, 아!

아이작   떨어지는 시간을 정확히 맞추기 위해 실험도 했을 거야. 그 실험이야 같은 무게의 돌을 이용하면 간단하지.

사티스는 답답한 신음을 내뱉더니 고개를 절레절레 흔들었다.

사티스   그건 다 그냥 네 추리잖아. 아무런 증거도 없이 그냥 정황으로만 의심하는 거잖아.

나는 사티스에게 이니마의 실험실에서 찾아낸 다섯 번째 종이를 찍은 사진을 보여주었다. 일부러 제7기사단이란 글씨는 가렸다.

사티스   이건 이니마 필체가 맞는데… 이런, 정말 이니마가 이걸….

아이작   아마 갈레노와 함께 계획했을 거야. 자신들이 반대하는 석유 시추와 증류를 막기 위해서. 물론 그게 가스폭발로 이어질지는 예상치 못했겠지만.

사티스는 충격으로 호흡이 답답한지 입으로 거칠게 숨을 몰아쉬었다.

아이작   그래도 그들은 다른 친구들의 목숨을 보호하려고 했어.

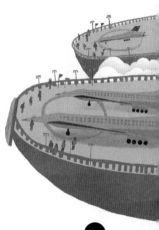

4

물의 순환과
아르테미스의 힘

구조작업은 원활하게 진행되었다. 에이다의 시뮬레이션은 거의 들어 맞았다. 예상이 맞다면 이틀 뒤에는 구조할 수 있다. 범인 외에는 어떤 사태가 벌어졌는지 아직 모르는 상황을 이용해서, 구조가 끝나기 전에 살인범을 알아내고 싶었다. 최소한 용의자를 두세 명 안으로라도 좁힐 수 있기를 바랐다.

나는 사건 조사를 명분으로 한 명씩 일일이 통화하며 알리바이를 확인했다. 먼저 완력이 세 보이는 남자애들을 조사했다. 아마도 범인이 눈치가 빠르다면 내가 조사하는 목적을 어느 정도는 짐작하고 있을지도 모른다. 어쩌면 무심결에, 이니마가 죽은 걸 모르는 이와는 다른 반응을 할지도 모른다. 그런 반응만 잡아낸다면 더 볼 것도 없이 그가 범인이다.

남자 단원들을 조사하면서 용의자를 여섯 명으로 좁혔다. 여자 단원

들이 목격한 상황을 통해 그중 세 명은 용의자에서 제외했다. 용의자를 두세 명으로 좁히겠다는 최소한의 목표는 일단 이루었다. 그중에서 범인을 특정하기 위해 좀 더 세밀한 조사에 들어갔다.

첫째 용의자는 이수스였다. 몸집이 크고 힘이 세며 고양이를 좋아한다. 이수스가 생활하는 방에는 고양이 조각이 무척 많았다. 나무, 돌, 흙, 뼈 등 온갖 재료로 만든 고양이 모형이 전시되어 있었다. 자연스럽게 올림포스 우주기지에서 '광물 X'가 도난당할 때 사용된 '고양이발톱'이 떠올랐다. 비록 방에서 고양이발톱으로 의심되는 물건이 발견되진 않았지만 고양이 조각을 자유자재로 만드는 솜씨는 그냥 넘기기에는 예사롭지 않았다. 또 이수스는 석유에 관심이 많아서 그쪽 분야의 공부를 많이 했다. 당연히 석유를 개발하고 이용하는 데에도 적극적이었다. 이니마와 정반대 성향의 인물이었다. 이것저것 더 따져봐도 용의자에서 제외할 이유가 없었다.

둘째 용의자는 아폴론으로, 몸집이 크고 힘이 셌으며 다양한 광물을 모으는 게 취미다. 자원을 개발할 때 나오는 다양한 광물을 자신이 일하는 곳과 방에 잔뜩 진열해 놓았다. 돌에 신기한 문양이 드러나는 광물부터, 제1지구에서라면 값비싸게 대접받았을 보석까지 다양했다. 광물에 관한 지식이 해박해서 광물 박사라는 별명까지 있었다. 광물 박사에서 광물 X를 연상하는 것은 자연스러웠다. 또한 그는 가스에 관심이 많아서 LPG, 수소가스, 염소가스 등과 관련한 일을 하고, 공부도 꽤 하고 있었다. 이수스와 마찬가지로 이니마와는 결이 다른 인물이었다. 조사할수록 의심이 가중되었다.

셋째 용의자는 아조크. 건장한 체격에 운동능력과 리더십이 뛰어났다. 아조크는 에덴 16기지를 이끄는 지도자나 마찬가지였다. 에덴 기지 운영에서 최고 의사결정기구는 전체 회의다. 주요한 문제가 발생하거나 계획을 수립할 때는 전체 회의를 통해 결정한다. 그런데 에덴 16기지에서는 전체 회의가 큰 의미가 없었다. 거의 모든 안건이 아조크의 뜻대로 결정되었으며, 토론 중에 아조크와 반대되는 의견을 제시하는 단원은 갈레노뿐이었다. 당연히 아조크는 석유시설을 만드는 데 주도적인 역할을 했다.

아조크도 용의자에서 제외할 수 없게 되면서 용의자를 더는 줄이지 못했다. 혹시나 셋 중에서 이니마의 죽음에 대해 조금이라도 반응을 보이는 사람이 있을까 싶어 슬쩍 떠봤지만 아무도 이상한 반응을 보이지 않았다. 이수스, 아폴론, 아조크는 제7기사단과는 상극이다. 이들은 제7기사단이 아니다. 그럼 이니마를 살해한 동기가 배신은 아니다. 그렇다면 범인이 이니마를 죽인 이유는 무엇일까? 광물 X, 고양이발톱, 알고리즘, 제7기사단과 살인사건은 어떤 연결고리가 있을까?

더는 풀리지 않는 미로와 같은 시간을 보내다 마침내 구조작업이 끝나는 시점이 다가왔다.

나는 사티스를 찾아갔다. 사티스는 가볍게 걸을 정도로 몸이 회복되어 있었다.

아이작	건강해 보이네.
사티스	고마워. 다 너랑 로잘린 덕분이야.
아이작	나보다는 로잘린 역할이 컸지. 로잘린이 널 발견하고 간호했으니까.
사티스	안 그래도 로잘린에겐 수시로 고맙다고 했어.

사티스는 봄꽃이 피듯이 살포시 웃음을 지었다. 사티스라는 이름처럼 예뻤다.

사티스	오늘 구조작업이 끝나지?
아이작	알고 있었구나.
사티스	다행이야. 다들 무사히 구조할 수 있어서.
아이작	부탁이 있어서 왔어.
사티스	뭔데?
아이작	갈레노에 대해서 모른 척해줘.

나는 이니마와 갈레노가 속한 조직인 제7기사단의 이름에 주목했다. 로마자 Ⅶ을 조직의 상징기호로 쓰는 까닭을 고민한 끝에, 7에 담긴 의미를 파악했다.

제1지구에 사는 생명계는 이제까지 여섯 차례의 대멸종을 겪었다. 5

차 대멸종까지는 자연재해나 환경 변화에 의해 일어난 일이었다. 그러나 6차 대멸종의 원인은 인간이다. 제7기사단은 7차 대멸종을 막으려는 조직이다. 그들은 제1지구에서 벌어지는 대멸종이 아니라 제2지구에서 벌어질지 모를 대멸종을 막으려는 것이다. 그런데 아직 우리는 대멸종을 일으킬 만한 숫자도 안 되고, 에이다의 양육과 교육을 통해 제1지구에서 인간이 벌인 어리석은 짓은 절대 하면 안 된다는 사실을 뿌리 깊이 인식하고 있다. 그런데도 제7기사단은 왜 7차 대멸종을 우려할까?

그들은 인간이란 존재 자체가 문제라고 여기는 걸까? 그렇다고 보긴 어렵다. 그러려면 친구들을 모두 죽여야 하는데, 그들은 생명 경시와는 거리가 멀다. 납치를 벌이긴 했지만 아마도 모두 무사할 것이다. 그들이 13기지 단원들을 모조리 납치했다면 그럴 수밖에 없는 이유가 있을 것이다. 그렇다면 그 이유가 뭘까? 내 생각엔 그들이 우려하는 7차 대멸종과 관련이 있을 것이다. 더 나아가, 어쩌면, 아마도, 바로 그 때문에 이니마가 살해당했을지도 모른다. 그리고 이니마를 살해한 것은 7차 대멸종을 일으킬지도 모를 모종의 일을 추진하는 개인, 또는 집단일 것이다.

지금까지 상황으로 봐서는 개인보다는 집단일 가능성이 높다. 결국 하나의 집단이라고 여겼던 별의 아이들 안에 제7기사단과 아직 정체를 모르는 미지의 조직이 존재한다는 뜻이다. 그것도 정반대의 방향성을 지향하면서….

광물 X와 고양이발톱은 이번 사건과 어떤 식으로든 연결되어 있다. 광

물 X를 훔치고 고양이발톱을 사용한 건 제7기사단일까, 아니면 정체불명의 조직일까? 이 모든 비밀을 명확히 알아내려면 갈레노가 폭파범이라고 밝혀버리면 안 된다. 이니마가 죽은 걸 알면 갈레노는 분명히 사고가 아니라는 사실을 알아채고, 그에 따른 조치를 취할 것이다. 그 과정에서 두 조직 사이에 어떤 일이 벌어졌는지 드러날 것이며, 납치당한 에덴 13 기지 단위들이 어디 있는지 알아낼 수 있을 것이다.

샤티스   그럴 만한 이유가 있는 거야?

아이작   미안해. 자세한 얘기는 해줄 수 없어.

샤티스   알았어. 내 생명뿐 아니라 친구들의 생명까지 구한 은인인데 그 정도 부탁은 들어줘야지. 그런데 왜 갈레노만 모른 척하라는 거야? 아니마는 밝혀도 돼?

아이작   그건….

구조가 마무리되면 이니마가 죽었다는 사실이 드러나게 된다. 그동안에는 회복에 방해될까 봐 샤티스에게 숨겼지만 이제는 알려야 했다. 나는 최대한 담담하게 이니마가 실수로 질산은이 든 물을 잘못 마셔서 죽었다고 말했다. 침대에 털썩 주저앉아 흐느끼는 샤티스를 가만히 바라보다 조용히 그 방을 나왔다. 친구를 잃은 슬픔이 닫힌 방문 틈새로 서글프게 흘러나왔다.

구조작업이 개시된 지 일주일 만에 고립되었던 단원들이 밖으로 나왔다. 다들 몸이 나빠진 상태라 건강을 회복하는 데 모든 힘을 기울였다. 오랜 고립과 공포로 인한 심리적인 고통도 세밀하게 다루었다. 다들 정신없이 보내다 어느 정도 안정을 찾고 나자 이니마가 없다는 사실을 깨달았고, 그때에 맞춰 이니마의 죽음을 알렸다. 그 정도 사건을 겪고 희생자가 한 명뿐인 건 천만다행이었지만 슬픔의 크기는 희생자의 숫자와 무관했다. 함께 장례를 치르며 아픔의 시간을 함께 나누었다. 나는 이니마의 죽음에 관한 모든 자료를 에이다에게 넘기진 않았다. 살인사건이라는 사실이 드러나지 않는 선에서만 증거를 넘겼다.

장례를 치르고 어수선한 상황이 정리되자 나는 사건을 조사하기 위해서 폭파 현장을 찾았다. 증류시설은 철저히 파괴되어 접근조차 불가능했다. 아무래도 증류시설 쪽에서 칼륨이 터진 것 같았다. 시추시설도 확인하러 갔다. 그쪽은 그나마 접근이 쉬웠다. 동굴이 무너지고 석유를 끌어올리던 시추기는 완전히 부서진 상태였다. 그 흔적만으로도 폭발이 어떻게 벌어졌는지 상상할 수 있었다.

아이작   어, 저게 뭐지?

나는 그곳에서 뜻밖의 광경에 깜짝 놀랐다. 부서진 관에서 시커먼 액체가 쏟아져 나왔는데, 그것은 원유였기 때문이다. 원유는 폭발로 형성

된 거대한 웅덩이를 시커멓게 더럽히고는 아래를 향해 조금씩 꾸물꾸물 내려가고 있었다. 그대로 계속 흘러가면 바다가 오염될 위험이 있었다. 관은 아래로 계속 이어졌는데, 폭발과 붕괴로 듬성듬성 깨져 있었다. 설치된 중간밸브를 찾아내서 바다에 이르기 바로 전에 잠갔다. 그제야 원유는 더 이상 밖으로 흘러나오지 않았다.

나는 동굴 밖으로 이어진 바다를 물끄러미 바라봤다. 석유 시추관은 바닷물 속으로 쭉 뻗어 있었다. 중간밸브를 잠그긴 했지만 바닷속 시추관이 어떤 상태인지 걱정되었다. 만에 하나라도 시추기에 가해진 충격으로 문제가 생겼다면, 바다가 심각하게 오염될 수 있기 때문이다. 갈레노와 이니마가 환경을 지키기 위해 저지른 일이 환경을 오염시키게 생겼다. 의도가 좋다고 결과도 좋으리란 보장은 없는 법이다. 바다가, 위험하다.

물은 생명의 근원이다. 물은 끝없이 순환한다. 그 순환의 고리 속에서 생명계도 유지된다. **수권의 97.47%는 바다고, 나머지는 담수인데 그중에서 빙하가 1.76%이며, 지하수가 0.76%이고, 나머지 0.01%가 강물과 호수다.** 수권의 대부분은 바다이므로 바다가 오염되면 생명도 같이 무너진다. 제1지구의 생태계가 무너진 주된 원인은 바다가 심각하게 오염되고, 온도가 비정상적으로 상승했기 때문이다. 바다의 온도가 올라가면서 기후변화가 일어났고, 지구온난화로 빙하가 녹아 해수면이 올라가고, 기후변화는 더 극심해졌다.

제1지구의 인간들은 물을 그저 자원의 하나로 대했다. 자신들의 욕심을 채우기 위해 수자원을 마구 활용한 결과, 담수는 고갈되고 오염되었으며, 육지뿐 아니라 바다마저 쓰레기와 미세플라스틱으로 뒤덮였다. 발전을 내세우며 눈앞의 편리와 탐욕만을 좇은 대가는 생명을 지탱하는 수권의 파괴였다. 인간들의 과도한 지하수 사용으로 지구의 자전축마저 영향을 받을 지경에 이르렀다.

나는 사고수습반 모임에서 시추시설이 망가져 원유가 누출되었다는 소식을 전하고 대책이 필요하다고 강조했다. 혹시 모를 사고에 대비해 석유 시추관을 확인해야 하고, 현재는 시추가 멈춘 상태이므로 다시 사용하기 전까지 시추공을 단단히 막아두는 조치를 취해야 한다는 점도 거듭 강조했다.

오로라   그건 알겠어. 그런데 우리가 그걸 무슨 수로 해. 장비가 없잖아.

아조크   장비는 있어. 원유시추관을 뚫기 위해 해저탐사선 두 대를 만들었어. 한 대는 깊은 바다까지 들어가서 연구하는 용도고, 다른 한 대는 강력한 로봇팔을 장착해서 바닷속에서 직접 공사를 진행하는 용도야.

아조크의 말에는 언제나 자신감이 넘쳤다. 나는 용의자와 폭발 범죄자를 내 가까이 두고 싶었다. 영화 〈대부 1〉에서 돈 비토 콜레오네는 막내아들 마이클에게 "친구는 가까이, 적은 더 가까이" 두라고 충고했는데, 그 충고가 지금 상황에 적합하기 때문이다. 용의자와 범인을 가까이 두어야 한다. 적이 멀리 있으면 무슨 꿍꿍이인지 알 수가 없다. 가까이 두어야 그들의 비밀을 낱낱이 파헤칠 수 있다.

그러한 이유로 어떻게 하면 용의자들을 가까이 두고 관찰할 수 있을지 고민했는데, 굳이 길게 고민할 필요가 없었다. 아조크가 사고수습반에 스스로 들어온다고 했기 때문이다. 에덴 16기지를 실제로 이끄는 지도자였기에, 자신이 당연히 사고수습반에 들어가야 한다고 생각한 것이다. 나로서는 반가운 제안이었다.

일단 아조크가 들어오자 이수스와 아폴론을 끌어들이는 건 쉬웠다. 이수스는 석유에 관한 지식이 많다는 명분으로, 아폴론은 가스폭발을 조사해야 한다는 명분을 내세우며 사고수습반으로 끌어들였다. 갈레노에게서는 처음엔 사고수습반에 함께하도록 만들 적절한 명분을 찾지 못했다. 그런데 알고 보니 갈레노는 의학지식이 풍부했다. 다친 친구들의 건강을 돌보고, 사고의 충격에 따른 심리치료도 중요한 사고수습이었기에 의학지식을 핑계로 갈레노를 사고수습반에 포함했다. 그렇게 이 사건과 핵심적으로 관련된 사람들을 모두 내 옆에 두었다.

오로라　해저탐사선을 직접 만들었어?

이수스　그럼, 우리가 만들었지. 그래서 다른 장비와 달리 수동으로 조종해야 해.

아폴론　만드느라 꽤나 힘들었어. 그걸 완성한 덕분에 석유 시추를 할 수 있었지.

이수스　그게 다 아조크가 과감하게 밀어붙인 덕분이야.

아조크는 이수스로부터 확실한 신뢰를 받고 있었다. 다른 단원들도 아조크를 절대적으로 신뢰했다. 내가 어떤 문제를 물어보면 모두 그와 의논해 보라고 했다. 아조크가 능력이 뛰어난 건 알겠지만, 한 사람에게 모든 걸 의존하는 조직은 건강해 보이지 않았다. 아니, 어떤 면에서는 굉장히 위험해 보였다.

아이작　그 해저탐사선을 지금 이용할 수 있을까?

아조크는 지금 당장 가능하다면서 머뭇거리지 않고 우리를 탐사선이 있는 곳으로 안내했다. 그곳은 시추관이 바다로 들어가는 동굴 바로 옆이었다. 거대한 바위가 가로막고 있어서, 전에는 뒤편에 그런 시설이 있었는지 미처 보지 못했던 것이다. 아조크가 우리를 안내하며 별다른 설명을 덧붙이지 않아서, 나는 그곳이 작은 부두이거나 동굴이라고 예상했다. 그러나 그곳은 내 예상을 완전히 벗어난 시설을 갖추고 있었다. 온갖 파이프와 전선, 모터와 탱크가 복잡하게 설치된 거대한 시설이 우리를 맞이했다.

오로라 저 시설은 도대체 뭐야?

아조크 해수를 담수로 바꾸는 설비야.

오로라 그런 것도 만들었어? 너희들 정말 대단하구나.

아조크 기술이야 이미 제1지구의 과학자들이 다 개발해 놨잖아. 우리는 그냥 여기서 생산한 재료를 이용해 소규모 설비를 만들었을 뿐이야. 바다는 제2지구에서도 70%에 달하는 면적을 차지하고, 이곳에서도 물의 97%는 바닷물이니까.

이수스 이곳엔 해수 담수화 설비뿐 아니라 바닷물과 바다에 대한 다양한 연구장비도 갖추고 있어. 해수가 단지 물로만 되어 있지 않다는 건 너희도 알지?

아조크는 겸손한 척했지만 교묘하게 자신의 능력을 과시했다. 이수스의 말투에는 이 정도는 알지 않느냐는 우월감이 배어 있었다. 물론 당연히 나도 해수가 어떤 특성이 있는지 잘 안다. 해수는 균일혼합물이다. **해수에 녹아 있는 다양한 물질을 염류라고 하는데, 짠맛을 내는 염화나트륨이 가장 많고, 그다음으로 쓴맛을 내는 염화마그네슘이 많다. 해수 1,000g**

속에 녹아 있는 염류의 총량을 g으로 나타낸 것을 **염분**이라고 하는데, **단위는 psu**(실용 염분 단위)를 쓴다. 제1지구의 **평균 염분은 35psu**다. 에이다는 제2지구의 평균 염분도 35psu인 것은 놀라운 우연의 일치라고 했다. 전체 평균 염분은 35psu이지만, 바다에 따라 염분이 낮은 데도 있고 더 높은 데도 있다. 염분이 낮은 데는 증발량보다 강수량이 많고, 육지에서 흘러드는 물이 많거나, 빙하가 녹는 곳이다. 염분이 높은 바다는 강수량보다 증발량이 많거나 기온이 낮아서 해수가 어는 곳이다. **해수에 녹아 있는 염분의 양은 각 바다의 조건에 따라 다르지만, 해수에 녹아 있는 염류 사이의 비율은 일정**하다.

종류	염화나트륨	염화마그네슘	황산마그네슘	황산칼슘	기타	합계
질량	27.2g	3.8g	1.7g	1.3g	1g	35g
비율	77.7%	10.9%	4.8%	3.7%	2.9%	100%

이처럼 **염분비 일정의 법칙**이 나타나는 까닭은 **해수가 끊임없이 순환하면서 염류가 골고루 섞이기 때문**이다. 이 거대한 행성의 바다는 거의 모두 연결되어 있고, 끊임없이 섞인다. 따라서 한곳이 오염되면 그 오염물질은 행성 전체에 영향을 끼친다고 봐야 한다.

제1지구에서 인간은 자신의 작은 행위가 이 거대한 바다에 비하면 아무것도 아니라고 생각했다. 거대한 호수에 작은 돌멩이 하나 던져봐야 아무런 변화가 없다는 식의 자기합리화였다. 그러나 바다는 모두 연결되어 있고, 한 사람의 작은 행위는 모든 바다에 영향을 끼친다. 어느 한계점을 넘어가면 인간은 자신이 무심코 저지른 잘못에 대한 대가를 치르게 된다. 바다가 폭주하면 인간은 지상의 그 어떤 곳에서도 평화로운 삶을 유지할 수가 없다.

오로라　　그런데 저 큰 배는 뭐야? 저 배도 너희들이 만들었어?

아조크　　당연하지.

오로라　　저렇게 큰 배가 왜 필요해? 대규모로 물고기라도 잡으려고?

아폴론　　하하하! 그래, 그런 용도로 작은 배가 있기는 하지.

이수스　　크크크, 모처럼 너 때문에 웃었어.

그냥 즐거워하는 웃음이 아니었다. 깔보고 무시하는 감정이 뚜렷하게 느껴지는 웃음이었다. 이 녀석들은 겪을수록 마음에 들지 않았다.

아조크　　바다는 넓은데 앞바다만 연구할 수는 없잖아. 큰 배는 먼 데까지 나가서 바다를 조금 더 다양하고 깊이 있게 연구하기 위해 오랫동안 힘을 들여서 건조한 거야. 물론 핵심 장비나 구조는 로봇들이 만들었지만, 우리도 무척 많은 힘을 기울였어. 두 달 전에 꽤 먼바다까지 다녀오기도 했고.

오로라	그래서, 무슨 성과라도 거뒀어?
아조크	일단 시범 운행이어서 뭐 대단한 연구나 조사를 한 건 아니야. 그냥 우리 기지의 앞바다를 흐르는 큰 **해류**[24]를 따라서 먼바다까지 가봤지. 여기 앞바다를 흐르는 해류는 난류인데, 우리가 간 곳은 난류와 한류가 교차하는 곳이었어. **한류와 난류가 만나는 곳을 조경수역**이라고 부르는 건 알지? 조경수역에서는 아주 좋은 어장이 형성돼. 나중에 우리가 도시를 만들면 그 조경수역에서 다양한 어류를 잡아서 식량으로 활용하면 좋을 거야.

아조크는 자신들이 앞으로 건설될 도시의 식량 문제까지 고민하며 활동하고 있다는 점을 은근히 자랑했다. 해류가 어족 자원을 포획하는 데 도움이 된다는 점도 강조했다. 그러나 해류는 단지 물고기를 많이 잡는 문제와만 얽혀 있는 게 아니다.

해류는 보통 표층해류와 심층해류로 나뉜다. 표층해류는 지구 대기에서 일어나는 지속적인 바람(무역풍, 편서풍)이나 지구의 자전에 따른 영향을 받아 생긴다. 이에 반해서 심층해류는 밀도 차이 때문에 생긴다. 온도와

---

24 **해류 : 일정한 방향으로 지속적으로 흐르는 해수의 흐름.**
  • 난류 : 따뜻한 해류로 저위도에서 고위도로 흐른다.
  • 한류 : 차가운 해류로 고위도에서 저위도로 흐른다.

염분이 변하면 밀도가 달라지는데, 밀도에 차이가 생기면 압력이 달라지고, 이로 인해 심층해류가 생기는 것이다. 이러한 해류는 지구 환경에 막대한 영향을 끼친다.

해류가 순환하면서 지구의 에너지 불균형이 해소된다. **태양에너지가 많이 도달하는 저위도는 바닷물의 온도가 높고, 고위도는 태양에너지를 적게 받기에 바닷물의 온도가 낮다.** 표층 해수의 경우 열대지방은 28.5℃로 뜨겁고, 온대지방은 25℃ 정도가 되며, 극지방으로 가까워질수록 점점 낮아져서 극지방에 도달하면 만년 빙하지대가 형성된다. **해류는 바로 이러한 에너지 불균형을 해소한다.** 난류는 저위도의 따뜻한 에너지를 고위도로 옮겨주고, 한류는 고위도의 차가운 에너지를 실어서 저위도의 따뜻한 에너지와 뒤섞는다.

해류 덕분에 전 세계 바닷물은 서로 골고루 섞이게 되고, 염분비가 일정하게 유지된다. 그런데 제1지구에서는 온난화로 북극과 남극의 빙하가 대규모로 녹았고, 이는 해류의 흐름에 영향을 끼쳤다. 차가운 담수가 대규모로 녹으면 염분의 농도가 바뀌고, 그로 인해 밀도가 변하면 해류, 특히 심층해류의 흐름에 큰 영향을 끼친다. 해류의 변화는 이상기후를 일으켰고, 제1지구의 인간들은 엄청난 고통을 겪어야 했다.

아조크를 비롯한 이곳 단원들은 지구 생태계에 대한 이해가 부족했다. 바다를 그저 자원의 측면으로만 접근하고 있었다. 그렇게 에이다가 환경과 인간의 조화를 가르치고, 자연을 인간이 자원을 얻고 지배하는 대상으로 여기지 말라고 가르쳤는데 어떻게 저렇게 편협한 세계관이 형성되었는지 모르겠다.

아조크 저쪽에 가면 해저탐사선이 있어.

아조크는 어깨를 반듯하게 세우고 강인한 힘과 자신들의 성과를 자랑하며 앞으로 갔다. 그런데 앞장서 가던 아조크가 우뚝 멈춰 섰다. 그 뒤를 따르던 이수스와 아폴론도 곧이어 신음을 흘리며 바위처럼 굳었다.

오로라 무슨 일이야?

아조크는 말없이 손으로 앞을 가리켰다. 그곳에는 세 명쯤 탈 만한 소형 해저탐사선이 정박해 있었다. 그러나 강력한 로봇팔이 달려 있어 해저에 묻힌 석유시추관을 수리하고, 시추공 구멍을 막을 수도 있는 기능을 갖춘 중형 해저탐사선은 보이지 않았다.

아폴론 저기에 정박해 둔 탐사선이 사라졌어.
오로라 누가 훔쳐 가기라도 했다는 거야?
아이작 저 뒤를 봐. 바위가 깨져서 굴러떨어진 흔적이 보이잖아. 바위가 탐사선을 때렸고, 묶어놓은 끈이 끊어지면서 바다로 떨

어진 거야.

오로라 저기 저 바위 때문에…. 근데 이상하잖아. 저기는 지금 바닷물이 얼마 없는데, 그 무거운 해저탐사선을 바닷물이 끌고 갔다는 게….

아이작 지금은 썰물이니까 그렇지. 밀물이면 훨씬 물이 많이 들어 찼을 거야. 저기 바위를 보면 여기는 조차가 꽤나 심한 곳임을 알 수 있어. 조차가 심하니 만조 때면 바다에 빠진 탐사선 한 대쯤은 끌어갈 힘이 충분하지. 더구나 사고가 나고 구조하고 수습하는 동안 한참 시일이 지났으니까.

해수면의 높이가 주기적으로 높아지거나 낮아지는 현상을 '조석'이라고 한다. **'조류'는 조석에 의해 주기적으로 변하는 바닷물의 흐름**인데, **'밀물'은 바닷물이 육지 쪽으로 밀려드는 흐름**이고, **'썰물'은 바닷물이 바다 쪽으로 빠져나가는 흐름**이다. **밀물에 의해 해수면이 가장 높아진 때를 '만조'**라 하고, **썰물에 의해 해수면이 가장 낮아진 때를 '간조'**라 하며, **만조와 간조 때 해수면의 높이 차이를 '조차'**라고 한다. 제1지구에는 이러한 간조와 만조의 차이인 조차를 이용해 전기를 만드는 조력발전시설도 있다.

조석 현상은 하루에 두 번의 주기를 두고 일어난다. 옛날 사람들은 그 원인을 전혀 몰랐다. 그리스 신화에서는 바다의 신인 포세이돈이 밀물과 썰물을 일으킨다고 믿었다. 그러나 바닷물을 뒤흔드는 힘은 지구상에 없다. 아무리 강력한 태풍과 쓰나미도 밀물과 썰물을 하루에 두 번씩 일 년 내내 일으킬 수는 없다. 조석 현상을 일으키는 거대한 힘의 원천은 바로 달이다. 그것을 밝힌 과학자가 바로 아이작 뉴턴이다. 그러니까 조석 현상을 일으키는 신은 바다를 다스리는 포세이돈이 아니라 달의 여신인 아르테미스였던 것이다.

아무튼 아조크와 이수스, 아폴론은 예상치 못한 상황에 당황했는지 어찌할 바를 몰랐다. 그들에게 문제 해결을 기대하기는 어려울 듯했다. 나는 탐사선이 정박해 있었던 곳으로 갔다. 탐사선을 고정하던 단단한 사슬은 끊어진 채 바닥에 축 늘어져 있었다. 그런데 그 옆에 굵기는 얇지만 제법 단단한 케이블이 바닷속으로 길게 이어진 것이 보였다.

아이작　　이 케이블은 뭐지?

뒤늦게 다가온 아조크가 케이블을 가만히 살피더니 답했다.

아조크　　그건… 그 탐사선에 연결된 케이블이야. 해저탐사를 할 때 혹시 모르는 위험에 대비하기 위해 설치한 케이블. 위험신호가 감지되면 저 위에… 바위 때문에 망가졌지만…, 저 모터를 돌려서 잡아당기는 용도야.

아이작　　그럼 이 케이블을 쭉 따라가면 그 해저탐사선을 찾을 수도

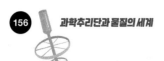

있겠네.

아조크 케이블이 꽤 길어.

아이작 혹시 발생할지도 모를 해양 오염을 막으려면 그 해저탐사선
이 필요하잖아. 그럼 찾아와야지. 저 작은 탐사선은 작동하지?

다시 침착함을 되찾은 아조크는 차분하게 탐사선으로 잠수할 준비를
했다. 빠르고 익숙한 솜씨가 돋보였다. 나는 곧바로 탐사선에 올랐다. 아
조크와 아폴론도 탐사선에 올랐다. 탐사선의 산소탱크는 그리 크지 않아
서 잠수 시간이 제한되기에 무한정 조사할 수는 없었다. 통신이 제대로
작동하는지, 긴급 구조케이블은 멀쩡한지 확인한 뒤 바닷속으로 들어갔
다. 이수스와 오로라는 밖에서 통신과 안전을 책임지기로 했다.

해저탐사선은 생각보다 빠른 속도로 잠수했다. 강력한 LED 등이 바닥
에 늘어진 케이블을 비추었고, 우리는 그 케이블을 따라 점점 바닷속으
로 들어갔다. 아조크는 운전을 맡고, 아폴론은 계기판을 확인했다. 내 앞
에는 수압과 수온이 표시된 계기판이 있었다. 수압은 심해로 들어갈수록
점점 높아졌다. 그런데 수온은 **혼합층**인 150m 지점까지는 거의 변하지
않더니, 150m를 지나 **수온약층**에 도달하자 급격히 낮아졌다. 그러다 1㎞
지점인 **심해층**에 도달하자 온도가 4℃에서 더 낮아지지 않았다.**25**

케이블이 더는 늘어나지 않는 한계치에 이르기 직전에 중형 해저탐사
선을 찾아냈다. 작은 고리를 난파된 해저탐사선에 단단하게 걸고 지상으

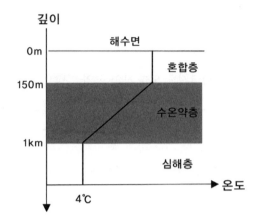

로 신호를 보냈다. 그러자 곧바로 케이블이 우리를 강하게 잡아당겼다. 탐사선은 해저로 들어갔을 때보다 두 배는 빠른 속도로 해수면 위로 끌어올려졌다.

그 뒤 이틀에 걸쳐 중형 해저탐사선을 점검했다. 생각보다 망가진 부분은 크게 없었다. 특히 로봇팔은 아주 튼튼했다. 큰 산소탱크를 충분히 채우고 다시 아조크, 아폴론과 함께 바닷속으로 들어갔다. 이번에는 석

---

25 해수의 층상구조

- 혼합층 : 해수 표면이 태양에너지에 의해 가열되어 수온이 높다.
  - 표층의 해수는 바람에 의해 끊임없이 섞이므로 수온이 일정하다.
  - 바람이 강하게 불수록 해수가 깊은 곳까지 섞이므로 혼합층이 두꺼워진다.
- 수온약층 : 깊어질수록 수온이 급격하게 낮아진다.
  - 차가운 해수가 아래, 뜨거운 해수가 위이므로 대류가 일어나지 않는다.
- 심해층 : 태양에너지가 거의 도달하지 않기 때문에 온도가 4℃ 이하로 매우 낮고 안정되어 있다.

유시추 파이프를 따라서 이동했다. 파이프는 대륙붕의 퇴적층을 따라 수평으로 이어지다, 300m 지점에서 수직으로 뚫고 들어갔다. 다행히 시추관에는 깨진 곳이 없었지만 수직으로 시추공이 뚫린 곳이 살짝 뒤틀린 듯했다. 우리는 로봇팔을 이용해 시추공을 메우는 작업을 진행했다. 그리 큰 시추공 구멍이 아니기에 작업은 오래 걸리지 않았다.

공사를 마치고 바로 돌아가려는데, 아조크가 조금 더 아래로 내려가 보자고 했다.

아이작 왜 더 내려가?

아조크 저 밑에 관측기를 설치해 두었는데 그게 안전한지 확인하려고.

아이작 그 관측기가 뭔데?

아조크 시추관에 영향을 끼치는 현상을 관측하려고 설치한 기기야.

제1지구에도 바다 밑에 다양한 관측기를 설치해 지형이나 지진 등을 조사하는 경우가 많다는 사실을 알기에 나는 그들의 뜻을 따랐다. 시추공에서 100m쯤 아래로 들어가자 아조크가 말한 대로 관측기가 놓여 있었다. 아조크는 로봇팔을 이용해 관측기를 해저탐사선 내부로 끌어당기더니, 관측기 상태를 확인한다면서 혼자 들어갔다. 나는 그 모습을 그냥 지켜만 보았다.

작업은 5분쯤 걸렸다. 아조크는 다시 관측기를 바닥에 내려놓고 지상에 신호를 보냈다. 케이블이 팽팽하게 당겨지면서 해저탐사선을 빠르게 지상으로 끌어올렸다. 그렇게 바다를 오염에서 구하는 조치는 깔끔하게 마무리되었다.

Memo

5

열의 특성과
켈빈의 물병

상황이 급변했다.

에이다 기지의 상태를 점검했는데, 구조에 심각한 문제가 발견되었습니다.

아조크 구조 문제라니, 무슨 뜻이지?

에이다 말 그대로 구조 문제입니다. 지하 시설을 지탱하는 핵심 구조에 문제가 생겼습니다.

오로로 그럼 여기서 지내면 위험하다는 거야?

에이다 안전하지 않을 가능성이 40%에 달합니다. 오랜 시간을 두고 곳곳을 정밀하게 조사해야 합니다. 안전이 확보되지 않는 곳에 기지를 유지할 수는 없습니다.

아조크　그 말은 이곳 기지를 포기할 수도 있다는 거잖아. 여긴 자원의 보고야. 더구나 그동안 엄청난 물자와 시간을 투자했다고. 여길 포기하는 건….

아조크에게서 제1지구의 뉴스에서 봤던 이재민이 연상되었다. 나로서는 그동안 갑작스런 재해로 안정과 평화를 제공하던 집을 잃고 맨몸으로 피난을 떠나야 하는 사람들이 느꼈을 절망감을 잘 이해하지 못했는데, 아조크를 보니 그 심정이 어떻지 어렴풋이 짐작할 수 있었다.

에이다　안전은 최우선 원칙입니다. 안전하지 않은 장소에 위치한 기지는 폐쇄해야 합니다.
아조크　그냥 밖에서 생활하면서….
에이다　안 됩니다. 기지가 붕괴하면 생활관뿐 아니라 농장지대까지 위험합니다.

에이다는 우리가 말할 때 중간에 자르거나 곧바로 반박하는 경우가 거의 없었다. 그런 에이다가 저렇게 단호하게 아조크의 말을 내치는 것은 타협이나 설득의 여지가 없다는 뜻이다.

제2지구에 정착하는 과정에서 우리에겐 상당한 자율성이 주어졌다. 에덴 16기지의 자원개발과 시설도 상당 부분은 단원들의 자율성에 기초

해 결정되었을 것이다. 에이다는 모든 걸 결정하는 왕이라기보다는 해박한 지식으로 조언을 건네는 멘토에 가깝다. 그러나 몇 가지 원칙적인 부분에서는 우리에게 결정권을 주지 않는다. 소수자 박해, 심각한 갈등을 유발하는 결정 등은 허용되지 않으며, 특히 어떤 경우에도 허용되지 않는 것이 바로 안전과 지속 가능한 생태계를 위협하는 행위다.

아이작　그럼 지금 어떻게 해야 하지?

에이다　배를 이용해 13기지로 이동하십시오.

현재 에덴 13기지는 비어 있다. 제7기사단에 소속된 조직원들이 다른 동료들을 모두 납치해서 사라져버렸기 때문이다.

아이작　시기는?

에이다　지금 당장 이동해야 합니다. 최소한의 물품만 챙겨서 곧바로 이동하십시오.

아조크　이곳이 안전한지 아닌지의 여부를 판단하는 데 얼마나 걸리지?

에이다　현재 계획으로는 최소한 100일입니다. 돌발 변수가 발생하면 더 걸릴 수도 있습니다.

결정이 내려졌으면 머뭇거리면 안 된다. 나는 아이들에게 한 시간을 주며 개인 짐을 정리하도록 했다. 그 시간 안에 생활에 필요한 모든 개인 짐을 정리해 배로 옮기라고 했다. 그다음에는 식량, 위생용품, 의약품, 침낭처럼 전체 생활에 필요한 물품을 옮겼다. 에이다가 당장이라도 기지가 붕괴될 가능성이 있다고 판단한 이상, 꼼꼼하게 물품을 확인하고 차분하게 움직일 여유는 없었다.

로잘린과 미다스, 오로라, 사티스는 비행선을 타고 13기지로 출발했다. 사티스는 비행선에 오르기 전에 이니마의 무덤에서 한동안 머물며 울다가, 숲에서 꽃을 캐 오더니 무덤 앞에 옮겨 심었다. 연노랑 꽃잎이 바람이 불 때마다 슬픔의 눈물을 떨구었다. 갈레노도 조금 떨어진 곳에서 이니마를 위해 눈물을 흘렸다. 오직 그 두 사람만 떠나는 길에 이니마에게 슬픔을 전했다.

배가 출발하려는데 아조크와 아폴론이 해수 담수화 시설에서 큰 나무 상자 하나를 들고 올라왔다. 그림책에서 해적들이 보물을 보관할 때 쓰는 그런 나무 상자였다. 배에 오르자 아조크는 능수능란하게 아이들에게 임무를 맡겼다. 이미 꽤 먼바다까지 항해한 경험이 있기 때문인지, 물 흐르듯 역할 분담이 이루어졌다.

제2지구에는 아직 GPS 시스템이 없기 때문에 에이다가 배를 몰 수가 없다. 나침반과 지도, 해도를 이용해 일일이 위치를 확인하며 항해하는 것은 여간 귀찮고 힘든 일이 아니지만, 16기지 단원들은 아조크를 중심으로 매끄럽게 해냈다. 어려운 상황에서도 단원들을 통제하고 이끄는 그의 능력을 인정할 수밖에 없었다.

큰 배는 많은 사람과 물자를 옮기기에 참으로 유용했다. 잠자리가 불편하긴 했지만, 배에서 생활하는 것은 재미있었다. 바다를 가로지르며 날아가던 새들이 배에 내려 가만히 쉬거나, 물고기들이 떼를 지어 해수면 위로 튀어 오르는 모습을 보면서 제2지구가 얼마나 생명력이 넘치는 행성인지도 생생하게 느꼈다.

아조크는 항해 도중 몇 번이나 회의를 소집해서 자기들끼리 어떤 의논을 했다. 나는 이방인이라 그들 사이에 낄 수가 없었다. 갈레노도 마찬가지였다. 갈레노는 그들에게 이방인과 같은 존재였다.

그들이 모여서 이야기를 나눌 때면 나는 배를 돌아다니거나 주변 풍경을 구경했다. 그러다 아조크와 아폴론이 옮겨 실은 상자 속 내용물이 궁금해졌다. 나는 그들이 전체 회의를 열 때 상자가 보관된 창고로 갔다. 상자는 단단하게 잠겨 있었지만, 그 정도 잠금장치는 내게 아무런 방해물이 되지 않았다. 나는 잠금장치를 가볍게 풀고 내용물을 확인했다.

아이작　이게 뭐지?

그 안에 든 내용물은 내 예상을 완전히 벗어났다. 플라스틱 용기 안에 수분을 흠뻑 머금은 이끼와 같은 식물이 잔뜩 들어 있었기 때문이다. 플

라스틱 용기 주변과 뚜껑에는 단열재가 채워져 있었다. 플라스틱 표면에 소금기가 살짝 남은 것으로 보아 그 이끼는 바다생물이었다. 해저에 내려갔을 때 아조크가 관측기를 살피러 나갔는데, 아무래도 그때와 관련이 있는 것 같았다. 생명에는 별로 관심도 없는 그들이 바다생물을 연구하기 위해 마지막까지 정성스럽게 챙겼을 리는 없다. 아무리 봐도 별로 특이할 것 없는 이끼인데, 왜 챙겼는지 짐작이 가지 않았다.

아이작　　모르면 일단 챙겨놓고 보자.

나는 작은 플라스틱 상자를 가져와 그 이끼 같은 식물을 한 움큼 떼어내 옮겨 담았다. 이끼가 마르지 않도록 바닷물을 떠서 충분히 적셔주고, 그 상자를 몰래 보관하면서 틈틈이 관찰했다. 나는 그것을 일단 '이끼 S'라고 부르기로 했는데, 계속 관찰하다가 특이한 점을 발견했다. 그것은 바로 온도와 관련된 독특한 현상이었다.

온도는 물체의 차갑고 뜨거운 정도를 숫자로 나타낸 것이다. 온도가 높은 물체는 입자의 운동이 활발하고, 온도가 낮은 물체는 입자의 운동이 둔하다.** 온도의 단위로 보통 섭씨(℃)를 쓰는데, 이는 물의 어는점과 끓는점을 기준으로 만든 온도 체계다. 정밀한 과학에서는 **켈빈(K)**이라는 단위를 사용하며, 물질의 상대적인 특성이 아니라 절대적인 특성을 기준으로 정한 온도다. 영국의 과학자 켈빈은 더 이상 내려갈 수 없는 온도인 절대

온도 개념을 도입했고, 연구를 통해 섭씨 −273℃를 절대온도 0K(켈빈)으로 정했다. 0K는 분자나 원자 등 입자의 에너지가 최소가 되는 온도이며, 그 아래로는 온도가 내려가지 못한다. 현대과학에 따르면 절대온도 0K은 −273.15℃이고, 0℃는 273.15K다.

온도가 서로 다른 두 물체가 있으면 온도가 높은 물체에서 낮은 물체로 열에너지가 이동한다. 낮은 온도에서 저절로 높은 온도로 열이 이동하는 경우는 없다. 모든 열은 높은 데서 낮은 데로 이동하는 것이 자연스러운 법칙이다. 그런데 이끼 S의 주변에서는 그 법칙이 깨지는 현상이 아무렇지 않게 벌어졌다.

약간 쌀쌀한 새벽이었다. 일정한 온도의 바닷속에 있다가 이런 기온 변화가 닥치면 혹시나 영향을 받을까 봐, 따뜻하게 해주려고 열선을 감고 온도를 적정하게 설정했다. 전기장판에 누우면 전기장판에서 몸으로 열이 전달된다. 전기장판은 뜨겁고 몸은 그보다 차갑기 때문이다. **고체에서 입자의 운동이 이웃한 입자에 차례대로 전달되어 열에너지가 이동하는 현상이 바로 '전도'**다. 이끼 S가 있는 곳보다 열선이 더 뜨거우므로, 열선에서 이끼 S 쪽으로 열이 전해지는 전도 현상이 일어나야 한다. 그런데 이끼 S의 온도는 전혀 변화가 없었고, 열선만 점점 뜨거워지더니 과열로 차단기가 내려가 버렸다. 차단기가 내려간 뒤에도 열선은 계속 뜨거워졌다. 그대로 두면 화재가 날 것 같아서 재빨리 열선을 제거했다. 주변의 온도를 재봤지만 아무런 변화가 없었다. 이제까지 내가 알던 과학으로는 이해할 수 없는 현상이었다.

　새벽에는 제법 추워서 전열기기를 켜야 했는데, 낮이 되니 햇살이 너무 뜨거워 다들 힘들어했다. 나한테는 휴대용 냉방기가 있었다. 올림포스에서 내려올 때 혹시 몰라 챙겨 왔는데, 지금까지는 쓸 일이 없었다. 나는 다시 이끼 S가 든 상자를 작은 공간에 넣고 그 냉방기를 켰다. 일부러 위쪽에 설치했는데, 그래야 대류현상에 의해 그 공간 전체가 시원해지기 때문이다.

　대류는 기체나 액체에서 물질을 구성하는 입자들이 직접 이동하면서 열에너지가 이동하는 현상으로, 뜨거운 입자는 위로 올라가고 차가운 입자는 아래로 내려가면서 열이 순환한다. 일상에서 대류를 가장 잘 느낄 수 있는 장소는 창문이다. 방이 외부보다 따뜻하면 따뜻한 공기가 위로 나가고 찬 공기가 아래로 들어온다. 반대로 방이 외부보다 차가우면 따뜻한 공기가 위로 들어오고 찬 공기가 아래로 나간다. 구름이 형성되고 바람이 부는 것도 모두 대류현상 때문이다.

　냉난방기를 설치할 때는 이러한 대류현상을 반드시 고려해야 한다. 만약 에어컨을 아래쪽에서 작동시키면 그 공간의 아래는 시원하고 위는 뜨거운 공기가 몰리면서 한 공간에서도 온도 차이가 심하게 나게 된다. 에어컨을 위쪽에 설치하면 찬 공기는 아래로 이동하고 뜨거운 공기는 위로 올라가는 순환운동이 계속 일어나 공간 전체가 시원해진다. 에어컨을 낮은 곳이 아니라 높은 곳에 설치하는 이유다. 그와 달리 난방기는 위가 아니라 아래에 설치해야 한다. 그래야 뜨거운 공기가 위로 올라가고, 차가운 공기는 아래로 내려가서 공간 전체에 온기가 돌기 때문이다. 온돌 난방은 전도와 대류를 모두 활용하여 열이 전달되는 원리를 매우 과학적으로 활용한 난방 방식이다.

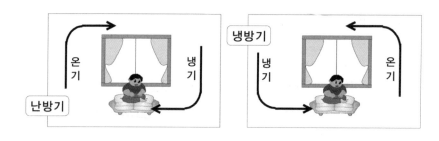

그런데 이끼 S가 있는 공간에서는 그러한 대류현상이 일어나지 않았다. 위쪽에서 에어컨을 틀었는데 차가운 공기는 계속 위에 머물고, 이끼 S가 있는 아래쪽은 오히려 더 더워졌다. 그런데도 이끼 S를 적시는 바닷물은 뜨거워지지 않았고, 이끼 S의 주변 온도는 조금도 변화가 없었다.

더 황당한 사건은 바로 태양에너지를 받았을 때였다. **복사는 열이 다른 물질을 거치지 않고 직접 이동하는 현상**인데, 바로 태양이 그러한 방식으로 열을 지구로 전달한다.[26]

---

26 **공을 교실 앞에서 끝으로 이동시키는 방식으로 열의 이동 원리를 비유하면 다음과 같다.**
- 전도 : 앞에서 뒤로 한 명씩 차근차근 공을 전달해서 끝까지 옮기기.
- 대류 : 앞에 있던 사람이 공을 직접 들고 끝으로 이동하기.
- 복사 : 앞에서 끝으로 바로 공을 던져서 보내버리기. (공 = 열)

복사열 덕분에 행성에서 생명이 번성할 수 있다. 혹시나 하는 궁금증에 이끼 S를 조금 떼어내 태양빛에 노출시켜 보았다. 잠시 아무런 반응이 없더니 바닷물이 조금씩 마르자 그야말로 놀라운 현상이 벌어졌다. 이끼 S 주변의 온도는 그대로인데 1m쯤 떨어진 공간의 온도가 급격하게 올라간 것이다. 빨리 햇빛을 가리지 않았다면 배에 화재가 날 뻔했다.

나는 그제야 처음 그 상자 속에서 이끼 S를 발견했을 때 상자 주변에 단열재를 채워놓은 이유를 이해했다. 그것은 이끼 S를 보호하기 위한 것이 아니라 주변에 특이한 열 현상이 일어나지 않도록 하려는 것이었다. 누구라도 그 근처에 있으면 특이한 현상을 알아차릴 수 있을 테니, 들키지 않기 위해 단열재를 설치해 놓은 것이다.

단열은 열의 이동을 막는 것이며, **단열을 위해 사용하는 재료를 단열재**라고 한다. 아이스박스, 보온병, 패딩은 단열로 추위를 막는다. 집을 지을 때도 단열재를 적절하게 써야 냉난방이 잘 된다. 제2지구에는 아직 단열재로 사용할 재료가 충분하지 않다. 그래서 기지들 대부분이 날씨 변화가 크지 않은 지역에 자리 잡고 있다. 단열재가 없기에 나는 주변에 있는 물건들을 이용해 공기층을 만드는 방식으로 이끼 S를 감싸 단열을 했다. 공기는 전도에 의한 열의 이동을 막는 효과가 있기 때문이다. 내가 배 안에서 할 수 있는 조치로는 그 정도가 최선이었다.

배는 6일 만에 에덴 13기지가 있는 강 하류에 이르렀다. 기지에 가까워지자 나는 오로라에게 연락해서 음식 준비부터 해달라고 부탁했다. 배는 한 시간 정도 강을 거슬러 올라간 끝에 기지 근처에 도착했다. 기지 근처에 부교가 설치되어 있어서 거기에 배를 정박했다. 일단 짐은 그대로 두고 사람부터 내렸다. 기지의 식당에서는 미다스와 로잘린, 오로라와 사티스가 부지런히 음식을 차리고 있었다. 어떤 음식은 벌써 준비되어 있었고, 어떤 음식은 마지막 조리에 들어가는 중이었다. 나도 부엌에 들어가서 도왔다.

아이작 뭘 하면 될까?

미다스 달걀을 다 삶았거든. 저 통에서 달걀을 다 꺼내서 찬물에 담가줘.

나는 인덕션을 끄고 큰 냄비의 뚜껑을 열었다. 펄펄 끓는 물 안에 달걀이 듬뿍 들어 있고, 그 옆에는 찬물이 든 통이 있었다. 스테인리스 국자로 달걀을 뜨는데, 뜨거운 열기가 맨살에 전해졌다. 조심스럽게 달걀을 건져 찬물에 넣었다.

아이작 삶은 달걀을 왜 찬물에 바로 넣는 거야?

미다스 그래야 잘 벗겨지거든. 달걀을 삶으면 흰자가 팽창해서 껍데기 안쪽의 막에 달라붙어. 그 막에 단단하게 달라붙으면 껍질을 제거하기가 어려워. 하지만 삶자마자 찬물에 담그면 흰자가 수축하면서 껍질의 막과 분리돼서 껍질을 까기 쉬워져.

아이작   와, 달걀 삶는 방법 하나에도 과학이 들어 있네.

미다스   요리는 과학이니까.

맞는 말이었다. 요리는 그 어떤 과학보다 실용성이 강한 과학이다. 미다스가 다른 과학은 잘 모르지만 요리와 관련된 과학 지식은 탁월하다. 사람은 역시 자기 재능이 다 있다. 그러니까 한 가지 기준으로 사람을 평가하거나 재단하면 안 된다. 교육도 마찬가지다. 재능에 맞게 능력을 발전시켜야 한다.

차가운 물에 들어간 달걀은 처음의 열기를 잃고 점점 식어갔다. 반면 차가웠던 물은 달걀의 열기를 빨아들여 점점 따뜻해지더니 달걀과 열평형 상태에 도달했다. **열평형은 온도가 높은 물체에서 온도가 낮은 물체로 열에너지가 이동하여 두 물체의 온도가 같아진 상태**다. 온도가 높은 물질

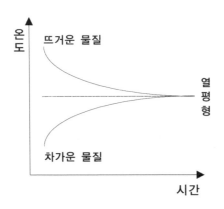

은 낮은 물질을 만나면 열에너지를 잃으면서 입자의 운동이 둔해진다. 온도가 낮은 물질은 열에너지를 얻으면서 입자의 운동이 활발해진다. 그렇게 상반된 변화를 겪는 두 물질은 마지막에 입자의 운동이 동일해지는 열평형 상태에 이르게 된다.

내가 달걀을 식히는 단순한 일을 할 때 미다스는 튀김 요리를 마무리하고 있었다. 우주기지에서는 튀김 요리를 한 번도 먹은 적이 없다. 태양열을 이용해 물을 끓인 적은 있지만 식용유는 위험하다면서 절대 사용하지 못하게 했다. 물은 허용하면서도 식용유는 사용하지 못하도록 한 까닭은 비열 차이 때문이다. **비열은 어떤 물질 1㎏의 온도를 1℃ 높이는 데 필요한 열량**으로, **단위는 ㎉/(㎏·℃)**이다. **비열은 물질 고유의 특징**이다.

질량이 같은 물과 식용유의 온도를 1℃ 높이는 데 필요한 열량은 물이 더 크다. 즉 물의 비열이 식용유의 비열보다 더 크다. 그래서 식용유가 쉽게 뜨거워지고 튀김 요리를 하기에 적절하다. 물은 비열이 큰 편에 속해

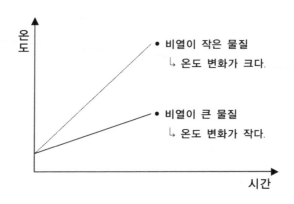

서 다른 물질보다 천천히 달궈지고 천천히 식는다. 그래서 냉각수, 찜질 팩으로 이용한다. 육지보다 바다의 온도 변화가 느린 것도 바로 비열 때문이다. **질량이 같은 물질을 가열할 때 비열이 작은 물질은 온도 변화가 크고, 비열이 큰 물질은 온도 변화가 작다.**

미다스는 이미 한 번 식용유로 튀긴 튀김을 다시 한번 튀겼다. 튀김이 들어가자 잔잔하던 식용유의 표면이 팔팔 끓어오르는 물처럼 거품이 일었다. 맛있는 냄새가 식당을 채웠다. 튀김을 꺼내자 바로 오로라가 무쇠솥을 열었다. 무쇠솥에 담긴 밥에서 김이 모락모락 났다. 무쇠솥은 다른 금속 그릇보다 비열이 크기 때문에 밥을 해놓으면 오랫동안 뜨겁게 보관된다. 친구들을 배려하는 마음씨가 느껴졌다. 따뜻한 밥과 국, 튀김과 반찬, 달걀이 풍성하게 식탁을 채웠다. 항해에 지친 아이들은 행복한 표정으로 다들 식사를 즐겼다. 나도 이렇게 풍성한 식사는 태어나서 처음이라, 맛있게 먹었다.

그 어느 때보다 만족스러운 식사를 하고 잠시 휴식을 취한 뒤 다들 배로 가서 짐을 내렸다. 큰 배 뒤에 작은 배에도 짐을 실은 채 끌고 왔기 때문에 모든 일을 마무리할 때까지는 꽤 오랜 시간이 걸렸다. 짐을 정리하고 숙소를 배정했다. 기존에 있던 방은 그대로 두고 새로운 공간에 숙소를 마련했다. 모든 것이 깔끔하게 준비되어 있었다.

피곤에 지친 아이들은 모두 깊은 잠에 빠져들었다. 구조된 뒤 숙소에서 지내긴 했지만 식사 수준도 그리 좋지 못했고, 제대로 씻지도 못했는데, 기지가 언제 무너질지 모른다는 경고에 6일간 항해까지 했으니 다들 몸에 피로가 쌓여 있었다. 그러다 깔끔한 공간에서 푸짐하게 먹고 목욕까지 하고 나니 긴장이 풀어지며 잠이 쏟아질 수밖에 없었다.

나는 이끼 S를 다른 사람이 모르는 나만의 공간에 숨겼다. 소금물을 조금씩 이끼 S에 공급하는 장치도 설치했다. 은밀한 작업을 마친 뒤 쉬려고 하는데, 오로라가 나를 불렀다. 오로라와 함께 방으로 가니 로잘린과 미다스가 기다리고 있었다.

아이작   나도 좀 쉬자.

오로라   쉴 땐 쉬더라도 여기서 있었던 일은 알고 쉬어.

아이작   무슨 일인데?

오로라   우리가 비행선을 타고 먼저 도착했을 때 여기에 이상한 흔적이 남아 있었어.

미다스   우리가 여기를 떠날 때 분명히 저장고 문이 닫혀 있었는데, 다시 와보니 열려 있었어. 주변 온도랑 저장고 내부 온도가 똑같아져서(열평형 상태) 안에 있던 식재료들은 전부 상해버렸고. 가만히 살펴보니 꽤 많은 식재료가 없어졌더라고.

로잘린   내가 조사해 보니까 따뜻한 옷과 침구류 등도 많이 사라졌어. 혹시나 해서 의료실에도 가봤는데 의약품도 많이 없어졌고.

아이작	우리가 16기지에 간 사이에 누가 여길 다녀갔구나.
오로라	그게 누군지는 뻔하지.
로잘린	납치범들이 옷과 침구, 식량과 의약품을 가져갔다는 건 납치한 단원들을 죽일 의도는 없다는 뜻이니까 그나마 다행이긴 해.
오로라	지금이야 안전하게 붙잡아 두겠지만 무슨 일이 생기면 다른 생각을 품을지도 모르는 일이야.
미다스	그런 물품을 가져갔다면 납치해서 생각보다 가까운 데 가둬 둔 건 아닐까?

내가 말없이 가만히 듣고만 있자 오로라가 내 눈을 정면으로 쳐다봤다.

오로라	혹시 너, 그 Ⅶ이란 숫자에서 실마리를 풀어낸 거라도 있어?
아이작	조금은….
미다스	역시 아이작이야! 네가 해낼 줄 알았어.
로잘린	그게 뭐야?
아이작	누구를 추적하면 되는지는 확실히 알아냈어.
오로라	그게 누군데?
아이작	갈레노.

나는 갈레노가 에덴 16기지의 폭파 사건을 일으킨 범인이라며, 범죄 수법을 자세히 설명했다. 또한 갈레노가 로마자 Ⅶ을 써서 범행을 계획한 자료도 확보했다고 밝혔다. 물론 그것은 죽은 이니마가 쓴 것이지만, 일부러 그 점은 감추었다.

오로라 그렇다면 납치범들의 꽁무니를 잡으려고 일부러 갈레노를 그대로 둔 거구나.

로잘린 이제부터 갈레노를 잘 감시해야 하는 거네.

아이작 우리가 감시한다는 사실을 들키지 않게 조심해야 해.

오로라 여기서 갈레노가 그 납치범들과 무슨 수로 연락할까? 통신기를 썼다가는 바로 에이다에게 걸릴 텐데.

나는 오목거울을 이용해 신호를 주고받는 방법을 알려주었다.

오로라 그럼 분명히 남들 몰래 그걸로 신호를 보내겠구나.

미다스 그럼 우리가 그 신호를 보내면 안 돼? 그걸 추적하면 그들이 있는 곳이 나오지 않겠어?

아이작 그렇게 단순하지 않아. 그런 걸 통신수단으로 쓸 때는 반드시 자기들끼리 쓰는 암호가 있을 거야. 섣불리 우리가 만졌다가는 우리가 그들의 연락 방법을 알아냈다는 사실만 들킬 수 있어.

로잘린 그러면 계획을 잘 짜서 갈레노를 감시하자.

그렇게 의논을 마치고 내게 배정된 방으로 쉬러 가는데 아조크가 날 찾아왔다.

아이작 피곤할 텐데, 쉬지 않고.

아조크 물어볼 게 있어.

아이작 뭔데?

아조크 여기 있던 단원들은 다 어디 갔어?

나는 물끄러미 아조크를 봤다. 다른 애들은 아무도 그 질문을 하지 않았다. 지쳐서 다들 자기 바빴다. 그런데 아조크는 그 와중에도 이 기지의 가장 이상한 점을 바로 눈치챘다. 나는 기지에서 실종사건이 벌어졌고, 그 때문에 올림포스에 있던 우리를 에이다가 내려보냈다고 설명했다. 물론 납치범이 내부자란 사실은 숨겼다.

아조크 실종되었다고? 도대체 왜? 어디로? 누가?

아이작 이 기지에 막 도착해서 조사에 들어가려는데 갑자기 16기지에서 폭발이 일어나는 바람에 제대로 조사도 못 했어. 이제부터 차분히 조사할 거야.

아조크　나도 도울게.

아이작　아니! 그 조사는 우리 책임이야. 너는 여기서 그냥 쉬면 돼.

아조크　그래도 조금이라도 도움이….

아이작　아냐. 그냥 여기서 아무것도 하지 말고 쉬어. 그리고 에덴 16
기지가 안전하다는 결과가 나오면 그때 돌아가면 돼, 돌아갈
수 없다는 결론이 내려지면 그때는 에이다가 결정한 대로 따
르면 되고. 그 이상은 어떤 것도 하지 마. 서로의 영역과 책임
은 건들지 말자고.

나는 강하게 아조크의 기를 눌렀다. 16기지에서야 아조크가 아이들을
자기 뜻대로 이끌고, 우리에게 은근히 텃세도 부렸지만 여기서까지 그러
도록 내버려둘 순 없었다.

아조크　그래도 친구들이 사라졌는데 아무 일도 안 하고 있을 순 없
잖아.

그렇게 말했는데도 아조크는 끝까지 자기 뜻을 관철하려 했다.

아이작　계속 놀면서 지내진 못할 거야. 여긴 거대한 농장이야. 농사

일을 하던 로봇 중 고장난 것들이 많아서 사람 손이 많이 필
요해. 내일이면 각자 할 일을 알려줄 거야. 그 역할만 충실하
게 해. 그게 이 사건을 해결하는 걸 돕는 길이야.

아조크 예전에 여기 와봤어. 그러니까 나도 도움이 될 거야.

아이작 결정은 네가 하는 게 아니야.

나는 단호히 선언했고, 아조크는 입을 꾹 다물었다. 자존심이 상한 듯
보였다.

아이작 내일부터 역할이 주어질 테니 거기에 그냥 따라. 주어진 역
할 외에는 하려고 하지 마. 당연하지만 절대 기지를 벗어나
지 말고. 혹시라도 도움이 필요한 일이 있으면 그때 부탁할
테니까 그때까지는 편하게 주어진 일을 하고, 나머지 시간엔
쉬어. 나 피곤해.

아조크는 은근히 자신이 화가 났다는 사실을 드러냈지만 나는 끝까지
모른 척했다.

그날 나는 오랜만에 푹 쉬었다. 이렇게 단잠을 잔 게 까마득한 옛날 같
았다. 몸을 추스른 뒤에는 그때부터 갈레노를 은밀하게 추적했다. 처음
에는 조심스럽게 움직이던 갈레노는 아무도 자신을 주목하지 않는다는

판단을 내렸는지, 점차 과감하게 움직였다. 아무도 모르게 오목거울이 설치된 곳으로 올라가 신호를 주고받으며, 돌아오는 신호를 종이에 기록하기도 했다. 나는 기회를 봐서 그 종이를 몰래 빼냈다. 종이에는 아무런 글씨가 없었지만 나는 안 보이는 글씨를 보이게 하는 방법을 이미 알고 있었다. 불에 가까이 대자 아무것도 없던 종이에서 흐릿한 글씨가 나타났다. 갈레노가 적은 글에 납치범들의 위치가 나와 있지는 않았지만, 그곳이 '섬'이란 것은 뚜렷하게 적혀 있었다.

아이작   거울 빛이 흐려지지 않고 도달할 수 있는 섬이야. 그리 먼 섬은 아닐 거야. 작은 배를 타고 이동할 정도의 섬이니까.

우리는 지도를 열어서 섬을 찾았다. 빛이 나가는 방향과 전달되는 거리를 고려하고, 숨어 지내기 적합한 지형인지도 감안했다. 조건을 하나 추가할 때마다 지도의 섬들은 후보에서 밀려났고, 마지막으로 단 하나의 섬이 남았다.

그 종이를 몰래 갈레노의 짐 속에 다시 가져다 놓고 실종자를 찾기 위한 계획을 세웠다. 미다스와 로잘린도 가고 싶어 했지만 나와 오로라만 가기로 했다.

로잘린   둘이서 괜찮겠어?

아이작   그들을 제압할 무기를 충분히 만들었으니까 괜찮아.

미다스   그래도 납치범이 넷인데 우리도 넷이 가는 게 맞지 않아?

오로라   은밀하게 접근해서 제압하면 돼. 그리고 우리 넷이 다 사라
지면 여기 운영에 문제가 생길 수도 있어.

로잘린   16기지 친구들을 데려가는 건 언제?

아이작   그건 안 돼. 갈레노 말고도 납치범과 연결된 사람이 있을지
확신할 수 없으니까.

로잘린과 미다스는 기지에 남는 것이 낫다는 데 동의했다. 나와 오로
라는 주변을 수색한다는 핑계를 대며 배를 몰아 섬으로 향했다. 섬은 육
지에서 멀지 않은 거리에 있었지만 배를 이용하지 않으면 갈 수 없는 곳
이었다. 망원경으로 섬을 살피며 조용히 배를 몰아 갔다. 바닷물이 깊이
들어간 동굴에 배를 정박하고 섬에 상륙했다.

해안선을 따라 이동하다가 제7기사단이 숨겨놓은 배를 찾아냈다. 그
들이 배를 타고 도망가지 못하도록, 시동이 걸리지 않게 부품 하나를 슬
쩍 빼냈다.

그 뒤로 섬을 꼼꼼하게 수색한 끝에 우리는 그들이 머물 가능성이 높
은 큰 동굴을 발견했다. 울창한 수풀 사이에 입구가 있어서 외부에서는
잘 보이지 않았지만, 안으로 들어가자 공간이 무척 넓었다. 에덴 16기지
의 지하동굴에는 못 미치지만 수십 명이 생활하기에 넉넉한 공간이었다.

그런데 동굴로 들어가자 닭살이 돋을 만큼 한기가 느껴졌다. 동굴 밖은 따뜻한데, 동굴 안은 마치 겨울이라도 된 듯 추웠다.

오로라 이래서 패딩이랑 침구를 가져갔구나.

아이작 13기지의 지하 저장고에서도 이런 현상이 있었어. 아마 제 2지구의 지하에 거대한 냉기를 뿜어내는 뭔가가 흐르는 것 같아.

동굴 안으로 들어가자 조금씩 말소리가 들리더니 네 사람이 대화를 나누는 목소리가 선명하게 들렸다. 말소리가 있는 곳으로 다가갈수록 뜨거운 열기가 느껴졌다. 네모난 공간 한구석에 흙으로 만든 화덕이 있는데, 그 안에서 뜨거운 불이 타오르고 있었다. 화덕 옆으로는 위로 비스듬하게 올라가는 좁은 통로가 뚫렸는데, 그들에게 접근하려면 그곳을 지나야만 했다. 몰래 접근하는 것은 불가능했다.

둘이서 막무가내로 쳐들어가서 네 사람을 제압하면 어떨까 하는 생각이 살짝 들었다. 남자가 세 명이니 먼저 두 명을 제압하면 가능하지 않을까 싶었지만 그건 위험했다. 이런 일은 실패할 가능성을 최대한 줄여야 한다. 그렇다고 화덕 옆에 숨어서 저들이 이곳으로 올 때까지 기다릴 수는 없었다. 어떻게 할까 고민하다 뜨겁게 타오르는 불꽃이 눈에 들어왔다. 문득, 열팽창을 이용한 멋진 계획이 떠올랐다.

열팽창은 물체의 온도가 높아질 때 부피가 팽창하는 현상이다. 물체가 열에너지를 얻어 온도가 올라간다는 말은 **입자의 운동이 활발해진다는 뜻이다. 입자의 운동이 활발해지면 입자 사이의 거리가 멀어지고 부피가 팽창**한다. 그 반대로 **열에너지를 잃고 온도가 내려가면 입자의 운동이 둔화되면서 부피가 수축**한다. 음료수 병에 빈 공간을 두는 까닭은 부피가 팽창해 뚜껑이 터지는 불상사를 막기 위한 것이다. 기차선로를 깔 때 틈새를 살짝 두고 철로를 연결하는 것도, 콘크리트 다리를 건설할 때 교각과 교각 사이에 틈새를 두는 것도 열팽창 때문이다. 송전선도 여름이면 팽창하고 겨울이면 수축하므로 일부러 팽팽하게 당겨놓지 않는다. 너무 팽팽하게 설치하면 겨울에 지나치게 수축해 문제가 생길 수 있기 때문이다.

열팽창이 천천히 일어나면 대처할 시간이 있다. 그러나 낮은 온도의 액체가 고온의 물질에 갑작스럽게 떨어지면 순식간에 부피가 팽창하면서 마치 폭발과 같은 현상이 벌어진다. 예를 들어 요리할 때 달궈진 기름에 물이 닿으면 기름이 밖으로 튀는 현상이 벌어지는데, 이는 열팽창 때문이다. 뜨겁게 달궈진 기름에 많은 물을 넣으면 기름이 한꺼번에 튀면서 마치 폭발과 같은 현상이 벌어진다. 물이 가득 든 플라스틱 병이 뜨겁게 타오르는 불에 떨어지면 어떨까? 이때도 많은 물이 기름에 떨어졌을 때와 똑같은 현상이 벌어진다.

나는 오로라에게 귀엣말로 내 계획을 설명했다. 오로라도 좋다고 했다. 나와 오로라는 양쪽 벽에 몸을 숨기고 물병을 끈에 매달아서 화덕의 불 위에 두었다. 끈이 불에 타면서 물병이 아래로 떨어졌다. 뜨거운 불구덩이에 떨어진 액체는 열팽창을 일으키며 큰 폭발음을 냈고, 그에 놀란 네 사람은 황급히 좁은 통로를 통해 뛰어왔다. 우리는 그들이 모두 통로에 들어섰을 때를 노려 예전에 만들어놓았던 고춧가루 폭탄을 터트렸다. 매운 가루가 좁은 통로를 꽉 채웠다. 그들은 느닷없는 고춧가루 공격에 정신을 차리지 못했고, 나와 오로라는 그들을 가볍게 제압했다.

Memo

6

식물의 광합성과
리하르트의 햇빛

　네 명을 밧줄로 단단히 묶어서 의자에 앉혔다. 계단 아래로 내려가니 철문이 밖에서 굳게 잠겨 있었다. 철문을 열고 다시 한참 내려가니 다시 철문이 나타났고, 그 너머의 넓은 공간에 납치당한 13기지 단원들이 모여 있었다. 다행히 다들 건강해 보였다. 나는 그들의 안전을 확인하고 다시 위로 올라왔다.

오로라	어때? 다들 괜찮아?
아이작	다들 건강하게 잘 있네.
오로라	그럼 풀어줘야지. 안 풀어주고 왜 올라왔어?
아이작	먼저 확인할 게 있어서.

나는 이니마가 폭파 계획을 적은 종이를 꺼내 식탁 위에 올려놓았다.

오로라   야! 이건….

아이작   잠깐 기다려. 차근차근 다 말할 테니까.

나는 종이를 그들 앞에 바짝 내밀었다.

아이작   이 계획을 작성한 이니마는 죽었어. 살해당했지.

오로라   뭐? 살해? 사고였잖아.

아이작   사고로 위장한 살인이었어.

네 사람은 입을 꾹 다문 채 종이에서 눈을 떼지 못했다.

아이작   너흰 그 계획을 알았을 거야. 그리고 나는 그 계획을 누가,
          무슨 목적으로 진행했는지 거의 다 알아. 너희들이 무엇을
          막으려 하는지도.

나는 잠시 뜸을 들였다. 나를 신뢰하고 비밀을 털어놓게 하려면 생각
할 시간이 필요하기 때문이다. 가만히 종이를 바라보던 여자애의 눈에서
작은 물방울이 흘러내렸다.

아이작 제1지구에서는 여섯 번의 대멸종이 벌어졌어. 5차 대멸종까지는 자연재해나 환경의 변화였지만 6차 대멸종은 인간에 의해 벌어졌지. 그리고 그 대멸종으로 제1지구의 생태계는 회복할 수 없는 타격을 입었어. 인간조차 그 대멸종의 회오리에서 큰 피해를 입을 만큼. 어쩌면 제1지구의 인간들은 자신들이 저지른 탐욕의 결과로 대멸종에 속하는 종이 될지도 몰라. 아니, 그럴 가능성이 높지. 너희는 제2지구에서 그러한 비극이 벌어지지 못하게 막으려는 거야. 그래서 이름이 제7기사단이지.

8개의 눈동자가 조금씩 커지더니 나에게 집중했다.

아이작 별의 아이들 안에는 너희들과 정반대 편에 선 조직이 있어. 나는 아직 그 조직의 이름도 모르고, 누가 그 조직에 속하는지는 모르지만, 그 조직이 결코 선하지 않다는 건 알아. 왜냐하면 그들이 이니마를 죽였으니까.
오로라 도대체 그게 무슨 말이야?

오로라의 놀라움을 진정시키기 위해 나는 이니마가 왜 살해당했다고 판단하는지 그 근거를 설명했다. 오로라는 벌떡 일어나서 서성거리더니 발을 쾅 구르고는 자리에 앉았다.

아이작 갈레노와 너희들이 연락하는 걸 이용해서 여길 찾아냈어.
나는 너희들이 지향하는 바에 동의해. 그러나 너희들이 쓰
는 방법으로는 7차 대멸종을 막겠다는 계획은 성공하지 못해.

나는 잠시 뜸을 들였다. 이 말을 해야 할지 말아야 할지 잠시 망설였
다. 그러나 이제는 패를 던지고, 승부를 봐야 할 때였다.

아이작 에이다 안에 우리가 모르는 알고리즘이 숨어 있기 때문이
지. 바로 너희들이 그렇게 걱정하는 7차 대멸종을 일으키려
는 세력이 심어놓은 알고리즘이. 그러니까 그 못된 세력이
꾸미는 음모를 에이다는 막을 수 없어. 아니, 에이다를 이용
해 더 강하게 추진할 거야.
　내 생각이지만 너희를 키워낸 알고리즘도 에이다 안에 들어
있어. 그게 에이다 스스로 만들어낸 건지, 아니면 제1지구에
있는 또 다른 어떤 조직이 음모를 막아내기 위해 에이다 안
에 심었는지는 모르겠지만, 아무튼 그 알고리즘이 너희들을
키워냈고, 하나의 조직이 되어 활동하게 만들었어.
　나는 너희들이 이 사건을 벌인 정당한 이유가 있다고 믿어.

너흰 사람의 생명을 귀하게 여기고, 갈레노와 이니마가 세운 계획에도 혹시라도 사람이 다칠까 봐 염려한 흔적이 묻어나. 그때부터 난 너희를 신뢰하게 됐어. 어떡할래? 나에게 너희들이 이 일을 벌인 이유를 말하거나, 아니면 너희 조직이 완전히 그들에게 드러날 때까지 입을 꾹 다물고 있거나. …선택해.

블랙홀의 중력처럼 무거운 침묵이 흘렀다. 나는 가만히 그들을 바라보며 기다렸다. 그들은 서로 시선을 주고받았다. 아직 결정을 내리지 못한 듯 8개의 눈동자가 중심을 잡지 못하고 흔들렸다. 그러다 한 여자애가 손을 꾹 움켜쥐더니 나에게 내밀었다.

에리스	내 이름은 에리스야. 우리를 믿는다면 이 줄부터 풀어줘.
오로라	그건 안 돼.
아이작	넌 풀어줄게.
오로라	뭐하는 거야? 얘들은 납치범들이라고.
아이작	넷을 다 풀어줄 순 없어. 너흰 아직 나한테 비밀을 다 밝히지 않았거든.
에리스	그건 너도 마찬가지 아니야?

에리스는 만만한 상대가 아니었다.

아이작   당연히 모든 비밀을 드러낼 순 없지. 내가 너흴 믿긴 하지만 아직 전적으로 신뢰하는 건 아니니까. 무엇보다 너희들은 해서는 안 될 범죄를 저질렀어. 아무리 목적이 정당해도 이런 수단을 써서는 안 돼.

에리스   우리도 좋아서 이런 게 아니야. 이 방법 외에는 막을 수가 없었으니까.

아이작   그 막으려는 게 뭐였는데?

에리스의 눈에서 퀘이사처럼 강렬한 빛이 번뜩였다. 나는 그 눈빛에서 강인한 신념과 함께 진한 고통을 읽었다. 진실한 사람이었다. 나는 에리스를 묶은 밧줄을 풀어주었다.

아이작   이제 말해줘, 너희가 발견한 진실을. 그리고 너희들이 맞서 싸우는 그 조직의 음모를.

에리스   우리도 다는 몰라.

아이작   아는 만큼만 말하면 돼. 그다음은 내가 알아서 할 테니까.

에리스   너는 마치 네가 나서면 그 조직 따위는 아무렇지 않게 무너뜨릴 수 있다고 생각하나 보구나.

아이작　난 그렇게 오만하지 않아. 다만 두려워하지 않을 뿐이지.

에리스의 입술이 파르르 떨렸다.

에리스　난 두려운데. 이니마를 죽였다면, 우리도 죽이려 들 거야. 방해된다면….

아이작　걱정 마. 살해 용의자를 어느 정도 좁혀놨으니까. 솔직히 말하면 그들 조직이 뭘 하려는지도 얼추 알 것 같아. 어떻게 하려는 건지는 모르지만.

에리스　겨우 20일 만에 그 많은 걸 알아내다니, 놀랍네.

아이작　이제 뜸은 그만 들이고 말해줘. 너희들이 발견한 비밀을.

에리스　그래, 말할게. 그 비밀을 우리는 전혀 다른 상황에서 거의 동시에 알게 됐어. 운명을 믿지는 않지만, 마치 운명 같았어. 나와 인티라는 실험실에서, 무르티와 잉카스는 외부 탐색을 나갔다가 그 비밀을 접했어.

에리스는 결심이 선 듯 차분하게 자신이 겪은 일을 풀어놓았다.

* 에리스의 이야기 *

푸르름이 넘실대는 어느 날 아침, 나와 인티라는 일출을 맞이하며 농장 끝자락에 위치한 작은 연못까지 산책을 했다. 밭과 숲에 넘실대는 초록 물결은 내 눈을 즐겁게 했다. 나는 초록색을 좋아한다. **광합성**을 해내는 초록의 이파리들을 볼 때마다 경이롭다. 인간은 초록의 생명이 없으면 생존하지 못한다. 아무렇지 않게 꺾는 초록색 이파리가, 인간에게는 감히 저항조차 못 하는 저 이파리가 **빛, 이산화탄소, 물을 이용해 광합성을 해낸다**. 그들이 이 행성의 모든 생명이 살아갈 에너지를 만들어낸다. 놀라운 능력이다. 그것도 수십 억 년 전에 이미 해냈다. 보잘것없다고 우리가 무시하는 초록 식물 덕분에 이 행성은 무수한 생명이 넘실대는 푸른 별이 되었다.

심지어 광합성을 하는 식물은 수만 광년 떨어진 곳에서도 그 행성이나 위성에 생명이 사는지 관측할 수 있게 해준다. 식물은 450~500nm 파장의 푸른빛과 640~700nm 파장의 붉은빛을 흡수해서 활발하게 광합성을 하고, 500~640nm의 빛은 광합성에 불필요하기에 반사한다. 식물의 빛깔이 초록색으로 보이는 까닭은 광합성에 쓸모없는 500~640nm의 빛을 반사하기 때문이다. 만약 어떤 행성이나 위성을 관측했는데 450~500nm와 640~700nm의 파장은 적고, 500~640nm의 파장이 더 많다면 그곳에는 광합성을 하는 식물이 대량으로 존재한다는 증거가 된다. 광합성 여부를 관측하여 우주에 생명체가 사는지 확인하는 데 사용되는 것이다.

이처럼 식물의 초록빛은 특별하다. 그래서 나는 초록빛을 좋아하고, 감각도 민감하게 반응한다. 그런 성향이라, 작은 연못에서 발견한 이상한 초록빛에 눈이 갈 수밖에 없었다. 전에는 한 번도 본 적 없는 초록빛이었다. 일반 식물은 긴 시간을 두고 서서히 초록빛이 번한다. 봄에는 노랑에 가까운 연초록이었다가 여름이 되면 검정을 머금은 진초록이 되면서 서서히 변화가 일어난다. 그런데 연못 위의 초록빛은 짧은 시간에 연초록에서 진초록으로 물들어 갔다.

처음에는 어떤 식물의 씨가 연못에 뿌려져 이파리가 연못의 한 귀퉁이를 차지했다고 생각했다. 그런데 바람이 불지 않는데도 초록빛이 꾸물거렸다. 그뿐이 아니었다. 점점 연못을 덮는 면적이 늘어나더니, 나중에는 연못 표면을 모두 빽빽하게 채울 정도로 늘어났다. 아무런 조짐도 없이 개체 수가 늘어나는 모습이, 마치 순식간에 번식이라도 하는 것 같았다. 그러나 자세히 보니 나비처럼 생긴 투명한 벌레가 날아와서 물에 내려앉으면서 연초록에서 진초록으로 점점 변하는 것이었다.

에리스　어쩜 저렇게 예쁠까? 색깔이 변하는 것 좀 봐.
인티라　몇 마리 잡아서 연구해 볼까?

인티라는 내가 대답하기도 전에 포충망으로 연못 위를 훑었다. 초록빛

이 파르르 날아오르면서 포충망을 피했지만, 몇 마리는 포충망 안에 잡혔다. 나중에 우리는 그 생명체의 이름을 최초로 식물의 광합성을 밝혀내 노벨상을 받은 리하르트 빌슈테터의 이름을 따서 '리하르트'라고 지었다. 이 초록 생명체는 동물인데도 광합성을 했기 때문이다.

우리는 실험실로 와서 리하르트를 관찰했다. 리하르트가 정말 광합성을 하는지 알고 싶었다. 우리는 여러 가지 실험을 진행했다. **광합성은 식물이 빛에너지를 이용해 양분(포도당)을 만드는 과정인데, 광합성은 엽록체에서 일어난다.** 광합성을 하지 못하는 동물은 밀폐된 공간에 두면 햇빛과 물이 있어도 산소가 고갈되어 죽는다. 반면에 식물은 물과 이산화탄소와 햇빛만 있으면 밀폐된 공간에서도 스스로 산소를 생산하므로 죽지 않는다.

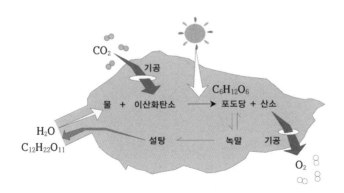

리하르트를 밀폐된 공간에 두고 물을 공급하고 밖에서 햇빛을 비쳤다. 리하르트는 식물과 똑같이 그 안에서 멀쩡하게 살아갔다. 광합성을 한다는 뜻이었다. 식물에겐 빛이 필수지만 동물은 빛이 없어도 산소와 물과 영양분만 공급하면 산다. 혹시 리하르트가 움직이는 식물인가 싶어서, 햇빛을 차단하고 산소와 물과 영양분만 공급했다. 만약 식물이라면 햇빛을 차단하면 광합성을 못 해서 점점 죽어가야 했다. 그러나 리하르트는 다른 동물들처럼 멀쩡하게 살아갔다. 리하르트는 햇빛과 물이 있으면 식물처럼 광합성을 하고, 햇빛이 없으면 동물처럼 주변의 영양분을 먹고 살았다. 식물과 동물의 장점을 모두 갖춘 놀라운 생명체였다.

우리는 리하르트의 광합성 능력이 일반 식물과 얼마나 같거나 다른지 확인하는 실험을 했다. 먼저 빛의 세기를 점점 강하게 해보고, 이산화탄소(CO_2)의 양을 조절했으며, 온도를 저온에서 고온으로도 높여봤다. 결과는 식물의 광합성 실험과 완벽하게 일치했다.

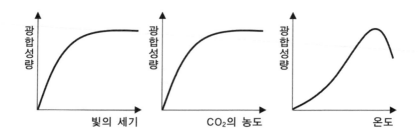

빛의 세기를 강하게 하고, 이산화탄소 양을 늘리면 처음에는 급격하게 광합성량이 늘어났다. 그러다 일정한 수위를 넘어서면 더는 늘지 않았다. 그것은 자원을 아무리 많이 공급해도 광합성을 할 엽록체가 더는 없기 때문이다. 온도를 올리면 광합성량이 늘어나다가 30~40℃에서 절정에 도달했다. 그러다 40℃를 넘어가자 급격하게 광합성량이 줄어들었다. 식물의 경우 이는 루비스코(RuBisCo)라는 효소 때문이다.

광합성이 일어나려면 이산화탄소를 붙잡아 물과 반응하게 만들어야 하는데, 이때 화학작용이 일어나도록 작용하는 효소가 루비스코다. 루비스코는 온도가 올라갈수록 활동성이 증가하다가 30~40℃에서 절정에 도달하고, 40℃가 넘어가면 급격하게 활동성이 떨어지는 것이 특징이다. **식물은 빛의 세기가 강하고, 이산화탄소가 충분하며, 온도가 30~40℃일 때 광합성이 활발**한데, 리하르트도 똑같았다.

또 현미경으로 관찰해 보니 날개 표면에 기공이 있고, 공변세포도 보였다. **'기공'은 식물 잎의 표피에 있는 구멍으로 산소와 이산화탄소, 수증기가 드나드는 통로인데 낮에 열리고 밤에 닫힌다. '공변세포'는 표피세포가 변한 것으로 그곳에 있는 '엽록체'가 광합성을 한다.**

리하르트가 식물과 같은 증산작용을 하는지도 확인했다. **'증산작용'은 식물이 뿌리를 통해 흡수한 물을 잎의 기공을 통해 수증기 상태로 공기 중으로 빠져나가는 현상**이다. 증산작용이 일어나면 잎이 함유한 물이 줄어들고, 그만큼 잎맥의 물관에서 물이 이동한다. 증산작용은 뿌리에서 흡수한 물을 잎까지 끌어올리는 원동력이다. 기공이 열리면 공기 중의 이산화탄소가 흡수되는데, 많이 열릴수록 증산작용이 활발해진다. 증산 작용은 빨래가 잘 마르는 조건과 비슷하다. **빛이 세고, 온도가 높고, 습도가 낮고, 바람이 잘 불면 증산작용도 활발**하게 일어난다.

우리는 리하르트가 광합성으로 만든 포도당을 어떻게 활용하는지도 꼼꼼하게 관찰했다. 식물은 광합성으로 생성된 포도당을 녹말로 전환해 보관한다. 녹말은 포도당 분자 여러 개가 결합한 형태다. 녹말은 잘 녹지 않기 때문에 설탕(포도당 분자 2개가 연결된 것)으로 전환되어 식물의 각 기관으로 운반되고 녹말, 지방, 단백질 등 다양한 형태로 바뀌어 잎, 열매, 뿌리, 줄기 등에 저장된다. 산소는 광합성의 부산물일 뿐이다. 관측 장비의 한계로 리하르트가 영양분을 어떻게 보관하고 처리하는지 다 확인하지는 못했지만, 포도당을 녹말로 보관했다가 설탕의 형태로 신체기관으로 전달하는 것까지는 알아냈다.

처음에 우리는 리하르트가 광합성을 할 때는 호흡을 전혀 하지 않는 줄 알았다. 그런데 생각해 보면 모든 생명은 호흡 없이는 살아갈 수 없다. 호흡은 생명이 살아가기 위한 기본 활동이기 때문이다. 리하르트도 마찬가지였다. **식물의 호흡은 식물세포에서 포도당을 분해하여 생명활동에 필요한 에너지를 만드는 과정**으로, 동물의 세포호흡과 동일하다. **식물은 미토콘드리아에서 산소와 포도당을 이용해 에너지를 만들고 물과 이산화탄소를 배출한다. 호흡을 통해 식물은 계속 이산화탄소를 배출**하는데, 햇빛

이 비치는 낮에는 광합성으로 생산하는 산소가 월등하게 많으니 산소만 배출하는 것처럼 보일 뿐이다. 식물도 밤에는 호흡만 하기 때문에 동물과 마찬가지로 이산화탄소를 배출한다.

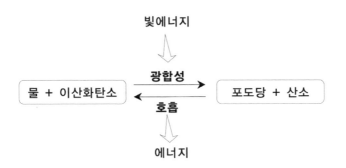

리하르트는 모든 면에서 식물과 똑같은 특징과 능력을 지녔으면서 동물의 속성까지 갖춘 신비한 생명체였다. 나와 인티라는 실험을 할수록 리하르트의 매력에 빠졌고, 리하르트가 우리에게 엄청난 축복을 선물할 수도 있다는 사실을 깨달았다.

인간은 아직 광합성의 비밀을 완전히 알지 못한다. 만약 광합성의 비밀을 완벽하게 알게 되면 인공적으로 포도당을 만들 수 있다. 광합성 기술을 이용해 공장에서 포도당을 대량으로 생산한다면 더 이상 농사를 지을 필요가 없고, 환경도 오염시키지 않는다. 포도당으로 단백질이나 지방을 만들 수도 있다. 포도당을 발효시켜 알코올을 만들면, 화석연료도 완벽하게 대체할 수 있다. 리하르트에게는 인간이 꿈꾸는 그 기술과 꿈을 실현할 잠재력이 있었다. 우리가 리하르트를 통해 꿈의 기술을 개발하면, 제2지구는 많은 인간이 살면서도 환경은 자연 그대로 보존되는 새로운 행성이 될 것이다. 또 이 기술을 제1지구에 전하면 그곳도 끔찍한 오염에서 벗어날 수 있을 것이다. 리하르트는 전체 인류에게 희망의 선물과도 같았다.

한편 실험을 하던 중 우리는 리하르트와 교감을 나눌 수 있다는 사실을 깨달았다. 놀랍게도 말을 하면 리하르트는 그에 맞게 반응했다. 마치 우리가 하는 말을 알아듣는 것 같았다. 그때부터 우리는 리하르트를 실험실에 풀어놓고 지냈고, 함께 자연스럽게 어울렸다.

그러던 어느 날, 실험실에 죽은 사체를 가져왔는데 리하르트가 달라붙더니 사체를 빠른 속도로 분해하는 모습을 보게 되었다. 죽은 동물을 분해하여 자연으로 돌려보내는 일은 생태계의 지속 가능성을 위해 꼭 필요하다. 지렁이, 파리, 구더기처럼 인간이 더럽다고 생각하는 생명들이 사실은 생태계 유지에 큰 몫을 담당하고 있다. 그런데 리하르트는 생산과 재생을 혼자 모두 해내고 있었다.

인티라	완벽해.
에리스	뭐가?
인티라	리하르트는 완벽한 생명이야.
에리스	멋지긴 하지.

인티라   멋지다는 수식어로는 부족해. 광합성으로 에너지를 만들고, 동물처럼 활동하고, 교감 능력을 갖춘 데다, 사체를 분해하기까지 해. 이보다 완벽한 생명이 있을까?

들고 보니 그랬다. 이러저러한 사체를 가져와서 리하르트가 얼마나 분해능력이 뛰어난지 확인해 보자고 계획을 세우고, 문을 열고 나가서 더 많은 사체를 가져오기로 했다. 그런데 그때, 문 안에 있던 리하르트가 격렬하게 반응하더니 일제히 밖으로 빠져나갔다. 그동안 문을 열고 오간 적이 많았지만 한 번도 그렇게 한꺼번에 모두 날아간 적은 없었기에, 우리는 재빨리 리하르트의 뒤를 쫓았다. 수십 마리나 되는 리하르트는 건물을 벗어나 밖으로 나가더니 기지 구석진 곳의 바위 틈새로 들어갔다. 그곳은 수풀과 나무 때문에 전혀 보이지 않던 공간이었다. 사람 한 명이 간신히 들어갈 만한 바위틈을 지나자 구불구불한 동굴이 이어졌고, 그 끝에는 이제껏 본 적 없는 실험실이 있었다.

7

사람의 기관계와 호문쿨루스의 비극

나는 에리스에게 리하르트에 대한 설명을 들으면서 이끼 S를 떠올렸다. 이끼 S의 특별함도 리하르트 못지않았다. 제2지구는 제1지구와 무척 닮았지만 제1지구에서는 상상도 못 할 특별한 생명이 존재한다. 지하에 흐르는 이상한 냉기도 제1지구에는 없다. 이끼 S, 지하의 냉기, 리하르트는 제2지구가 제1지구와는 전혀 다른 문명을 일굴 잠재력을 품고 있다는 증거였다. 지하의 냉기와 이끼 S는 냉난방 문제를, 리하르트는 식량 문제를 아무런 오염물을 남기지 않고 해결할 길을 열어준다. 더구나 리하르트는 어쩔 수 없이 발생하는 소량의 오염물질마저 완벽하게 분해해서 자연으로 되돌린다. 이 셋만으로도 제2지구에서는 제1지구와는 결이 다른 문명을 일굴 수 있다.

이제껏 발견된 것이 이 세 가지다. 제1지구에서는 상상도 못 했던 생명이나 현상이 얼마나 많을지는 아직 모른다. 어쩌면 그 옛날에는 제1지구에도 이런 기적 같은 생명이나 자연현상이 있었을 것이다. 눈앞의 이익만 미친 듯이 집착하는 인간이 그걸 몰라보고 마구잡이로 파괴해서 다 사라졌을 뿐….

에리스 　그곳은 아무도 모르는 비밀 실험실이었어.

아이작 　그곳에서 뭘 봤지?

인티라 　우리가 처음 마주한 것은 지구의 식물에서 뽑은 유전자를 이곳 식물에 강제로 주입해서 만든 유전자조작 식물이었어.

아이작 　유전자교정 농작물이 아니고 유전자조작 식물[27]이 맞아?

인티라 　그 정도 구분은 나도 해. 그건 내재한 유전자를 교정한 게 아니라 지구에서 가져온 유전자를 강제로 집어넣어서 만든 유전자조작 식물이었어.

아이작 　그건 이곳에서 금지잖아. 기존의 생태계에 어떤 영향을 끼칠지 모르는 상태에서는 절대로 하면 안 된다고.

인티라 　그래. 에이다가 절대 허락하지 않는 절대 금기 중 하나지. 그

27　유전자교정 식물과 유전자변형 식물

유전자교정 식물은 식물 내부에 있는 유전자를 유전공학 기술을 이용해 교정하여 식물의 특성을 변화시키는 것이고, 유전자변형 식물은 다른 생명체의 유전자를 이식해서 새로운 특성을 주입하는 것이다. 유전자변형 식물은 섭취했을 때 부작용을 예측하기 어려운 반면, 유전자교정 식물은 원래 식물의 내부에 있던 특성을 이용하는 것이므로 훨씬 쉽고 안전하다고 평가받는다.

런데 그곳에는 버젓이 유전자조작 식물과 씨앗이 있었는데, 심지어 제1지구에서조차 위험성이 입증돼 금지된 것들이었어.

에리스 그들이 그 유전자조작 씨앗을 대규모로 뿌리려는 계획까지 알아냈어.

오로라 그래서 그걸 어떻게 했어? 제거했어?

에리스 처음엔 그러려고 했는데, 그래봤자 막을 수 없다는 생각이 들었어.

아이작 그걸 주도한 이들을 모르기 때문이겠지. 씨앗을 폐기해도 그들이 또다시 만들어서 뿌릴 테니까. 더구나 들켰다는 걸 알면 더 주도면밀하게 일을 추진하겠지. 어쩌면 다른 곳에 또 다른 비밀 실험실이 있을지도 모르고.

에리스 다 맞는 말이지만 그보다는 더 심각한 문제 때문이었어. 하나는 그걸 주도하는 조직에 관한 것이었고, 다른 하나는 ….

무르티 잠깐, 그건 우리 이야기를 듣고 난 뒤에 하는 게 좋겠어.

이제까지 가만히 듣기만 하던 무르티와 잉크스가 굳게 닫고 있던 입을 열었다.

* 무르티의 이야기 *

나와 잉크스는 같은 방을 쓰기도 하지만 마음도 잘 통해서 늘 붙어 다녔다. 물론 같은 목적을 공유한다는 점도 우리의 우정을 끈끈하게 이어 주었다. 다만 식습관은 무척 달랐다. 나는 육식이 필요하다고 생각하고, 과하지 않은 선에서 즐겼다. 하지만 잉크스는 철저한 채식주의자. 나는 음식은 즐기면서 먹으면 충분하다고 생각하는데 잉크스는 우리 입에 들어오는 생명에 지극한 감사를 잊으면 안 되며, 천천히 꼭꼭 씹어 먹어야 한다는 잔소리를 입에 달고 살았다.

잉크스   꼭꼭 씹어 먹어. 그래야 소화가 잘 돼. 입에서 나오는 **아밀레이스가 녹말을 엿당으로 분해**하게 하려면 꼭꼭 씹어 먹어야 돼.

무르티   기쁘게 먹어야 몸에도 좋아.

잉크스   소화는 기분이 아니야. 물리요 화학이지. 위장과 소장, 대장에서 이루어지는 소화를 위해서라도 입에서 꼭꼭 씹어.

무르티   그렇게 천천히 먹으니까 맨날 일정이 늦어지지.

잉크스   천천히 먹는 건 소화에 좋아.

나는 이미 다 먹었는데 잉크스의 음식은 아직 절반이나 남아 있었다. 나는 조용히 기다릴까 하다가 심술이 나서 잔소리를 해댔다.

무르티 그렇게 몸에 좋은 걸 생각하면서 왜 채식만 고집해. **영양소는 몸을 구성하거나 에너지를 얻는 데 필요한 물질**이야. 골고루 먹어야 몸에 필요한 영양분을 빼놓지 않고 섭취할 수 있어.

잉크스 채식으로 충분해.

무르티 **탄수화물은 녹말, 설탕, 엿당 등으로 몸의 주된 에너지원**이긴 하지만 탄수화물만 먹으면 안 돼. **단백질은 몸을 이루는 주된 구성성분이자 에너지원**이기에 필수 영양소야. **지방은 몸의 에너지원이자 에너지 저장소**야. 탄수화물과 단백질이 1g당 4kcal의 에너지를 생산하는 데 비해 **지방은 1g당 9kcal의 에너지를 생산**해. 그러니까 지방은 적게 먹어도 많은 에너지를 얻을 수 있어.

잉크스 식물성 단백질로도 충분해. 너는 단백질과 지방이 중요하다고 하지만 정말 중요한 영양소는 바이타민과 무기염류야. **바이타민은 몸의 기능을 조절**하고, **무기염류는 뼈에 필요한 칼슘과 인, 혈액의 필수적인 철처럼 몸을 구성하거나 기능을 조절**하는 성분이야. 이것들은 소량이지만 생체활동에 반드시 필요해. 그리고 바이타민과 무기염류를 섭취하는 데는 육식보다 채식이 훨씬 효과가 좋아.

무르티 그렇게 따지면 **우리 몸의 2/3를 차지하는 물**이 제일 중요하지. **몸은 영양소나 노폐물을 운반하고 체온을 조절**하니까. 그렇다고 물만 먹고 살 순 없잖아.

잉크스 동물은 우리와 더불어 살아가는 친구여야지, 식욕의 대상이
면 안 돼.

잉크스는 식사를 마치고 일어났다. 나도 따라 일어났다. 그렇게 우리
의 논쟁은 가볍게 지나갔다.

식사 뒤 잠깐 쉰 우리는 축사로 갔다. 거기서 나는 가축화할 수 있는
동물을 연구 중이었고, 잉크스는 개와 고양이처럼 인간과 같이 생활할
수 있는 반려동물을 주로 연구했다. 육식을 싫어하는 잉크스는 가축화
연구를 좋아하지 않았지만 그렇다고 반대하지는 않았다. 자기는 채식을
해도 남들에게 채식을 강요하는 성격은 아니었다. 모두가 육식을 원한다
면 되도록 건강한 사육환경을 만드는 게 좋다는 데 동의하고 내 연구를
도왔다.

그날은 외부 탐사가 계획되어 있었기에 며칠 전에 들여온 두 쌍의 동
물이 어떤 상태인지만 간단하게 확인했다. 바뀐 환경에서 음식을 먹고
소화와 배설을 제대로 하는지 점검하는 중요한 일이었다. **소화는 세포가
흡수할 수 있도록 음식물 속 영양소를 작게 분해하는 작용**이며, 그 역할을
하는 게 아밀레이스, 트립신과 같은 다양한 소화 효소다. 소화 효소가 부
족하면 음식물이 잘 분해되지 않아 제대로 흡수되지 않는다.

소화계	기능	효소 작용
입	• 음식물을 잘게 부숴 침과 섞음. • 침 : 아밀레이스	• 아밀레이스 : 녹말 → 엿당
위	• 음식물을 골고루 섞음. • 위액 : 펩신, 염산	• 펩신 : 단백질 → 중간 크기 단백질 (폴리펩타이드)로 분해. • 염산 : 살균작용, 음식물 부패 방지, 펩신이 잘 작동하도록 도우미 역할.
간	• 술과 같은 독성물질 분해. • 쓸개즙 생성.	• 쓸개즙 : 지방의 소화를 도움. (효소×)
쓸개	• 쓸개즙을 저장했다가 분비.	• 아밀레이스 : 녹말 → 엿당 • 트립신 : 중간 크기 단백질을 작은 단백질로 잘게 분해함. • 라이페이스 : 지방 → 지방산, 모노글리세리드 • 소장의 소화 효소 : 엿당 → 포도당 : 작은 단백질 → 아미노산
이자	• 이자액 분비 : 아밀레이스 트립신, 라이페이스	
십이지장	• 쓸개즙, 이자액을 음식물과 섞음.	
소장	• 영양소를 가장 잘게 분해. • 영양소를 흡수. • 소화 효소 분비.	
대장	• 찌꺼기에서 수분 흡수.	
항문	• 배설물 배출.	

가축의 몸에 부착된 기기에는 소화 과정에서 분비되는 효소와 그 작용이 다 기록되어 있었다. 우리는 그 기록을 살피며 소화기관이 잘 작동하는지 꼼꼼하게 살폈다. 한 쌍은 초식동물이고, 다른 한 쌍은 인간처럼 잡식동물이었다. 초식동물은 건강 상태가 매우 양호했고 소화 효소가 적절하게 분비되고 있었다. 그러나 잡식동물은 그렇지 않았다.

무르티   소화가 원활하지 않네. 내부를 좀 들여다봐야겠어.

나는 외부에서 신체 내부를 살펴보는 진단기기를 켜고 위장부터 소장, 대장까지 꼼꼼하게 점검했다.

잉크스   탄수화물은 소화를 잘하는데 단백질과 지방을 제대로 소화하지 못하고 있어.

무르티   환경이 바뀌어서 그런가?

잉크스   자연에서 자유롭게 지내다 이런 데 갇혀서 지내니 답답하겠지.

무르티   소화에 필요한 효소를 먹이에 섞어서 줘야겠어.

나는 음식 투입기에 각 소화기관에 필요한 효소를 정제한 약을 계산해서 설정을 바꾸었다. 이렇게 설정해 놓으면 음식이 공급될 때 자동으로 효소가 첨가된다.

그렇게 조치를 취하고 다음 작업으로 넘어가려는데, 진단기기를 계속 들여다보던 잉크스가 나를 불렀다. 진단기기의 화면에 동물의 소장이 떠 있었다. **소장의 안쪽 벽은 주름져 있고, 주름 표면에는 융털이라는 돌기가** 많았다. **소장 벽 표면에 주름이 잡혀 있으면 영양소와 닿는 표면적이 넓어져 영양소를 효율적으로 흡수할 수 있다.**

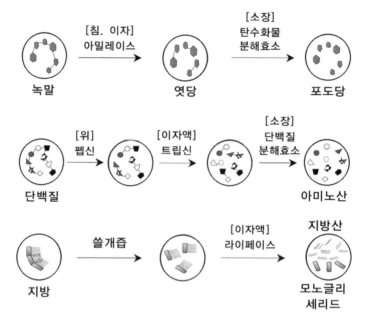

주름진 벽에는 수없이 많은 융털이 나 있는데 **융털 속에는 모세혈관과 암죽관이 분포한다. 모세혈관에서는 포도당, 아미노산, 무기염류 등 물에 잘 녹는 영양소를 흡수**하고, **암죽관은 지방산, 모노글리세리드 등 물에 잘 녹지 않는 영양소를 흡수**한다. 이렇게 흡수된 영양소는 간으로 이동하여 전신의 세포로 보내진다.

주름진 벽

주름이 없는 벽

잉크스　소장의 운동 상태를 봐. 단순히 효소로 해결될 문제가 아니야. 활동성이 현저하게 떨어졌어.

무르티　이유가 뭘까?

잉크스　아무래도 먹이를 바꿔야 할 것 같아.

나는 시간을 확인했다. 외부 탐사를 나갈 때까지 남은 시간이 그리 많지 않았다.

무르티　먹이를 바꾸려면 영양소를 확인해야 하잖아. 그러면 시간이….

잉크스　그렇지만 음식이 안 맞아서 소화에 문제가 생긴 동물을 그대로 두고 나갈 수는 없잖아.

무르티　그렇긴 하지.

나는 탐사대에 연락해 먼저 출발하라고 하고, 우리는 나중에 따라가겠다고 전했다. 그렇게 시간을 번 우리는 차분하게 다른 먹이를 가져와서 영양소를 확인했다. **탄수화물 용액은 아이오딘 용액과 반응하여 청람색으로** 변했고, **단백질 용액은 뷰렛 용액과 반응하여 보라색으로** 변했으며, **수단Ⅲ 용액은 지방과 반응하여 선홍색으로** 변했다.

영양소	검출 용액	변화
녹말	아이오딘-아이오딘화 칼륨 용액	백색 → 청람색
엿당 포도당	베네딕트 용액	파란색 → 황적색
단백질	뷰렛 용액 (5%수신화니트륨 수용액 + 1%황산구리 수용액)	푸른색 → 보라색
지방	수단Ⅲ 용액	선홍색[28]

필수 영양소가 충분한 것을 확인한 뒤에 먹이를 주었다. 물론 새로운 먹이에도 소화 효소를 첨가했다. 먹이를 바꿔서 주자마자 그 이전까지 기운이 없던 녀석들이 갑자기 왕성하게 먹기 시작했다. 역시 먹이가 문제였다. 식사를 마친 녀석들은 물도 맛있게 마시고는, 잠시 서성이더니 구석에 가서 소변을 시원하게 봤다.

세포가 영양소를 분해하는 과정에서 생긴 노폐물을 몸 밖으로 내보내는 배설은 음식 섭취와 소화 못지않게 중요하다. 동물들이 소변을 보면 대부분은 흘려보내고 일부는 채취해서 건강 상태를 확인하는데, 소변을 통해 건강이 어떤지 잘 알 수 있기 때문이다.

---

28 수단Ⅲ 용액은 원래 붉은색이다. 물과 지방을 섞은 용액에 수단Ⅲ 용액을 넣으면 물은 색이 사라지고, 지방만 선명한 붉은색이 된다. 수단Ⅲ 용액을 우유 속에 넣으면 유지방이 빨간색으로 물들어서 우유에 지방이 있다는 것을 확인할 수 있게 해준다. 이처럼 수단Ⅲ 용액은 색깔의 변화라기보다 지방을 빨간색으로 물들여 도드라지게 보이게 하는 것이다. (출처 : 인천광역시 생물교과연구회)

세포가 영양소를 분해해 에너지를 얻는 과정에서 이산화탄소, 물, 암모니아 등이 생성된다. 이산화탄소는 호흡을 통해서 내보내고, 물은 체내에 이용되고 남은 것을 콩팥에서 오줌으로 내보내고, 독성이 강한 암모니아는 간에서 요소로 바뀐 뒤 콩팥에서 오줌으로 배출한다. 몸 좌우에 하나씩 있는 강낭콩 모양의 **콩팥은 혈액 속의 요소와 같은 노폐물을 걸러 오줌을 만든다.** 콩팥에서 만든 **오줌은 오줌관을 통해 방광으로 모이고, 요도를 통해 몸 밖으로 배출**된다.

네프론[29]은 콩팥 내부에서 오줌을 만드는 기본 단위로 사구체, 보먼주머니, 세뇨관으로 이루어져 있다. 오줌은 **여과, 재흡수, 분비**의 3단계를 거쳐 만들어진다. **여과(A)는 사구체에서 혈액을 걸러서 보먼주머니로 보내는 과**

---

29 네프론
- 사구체 : 콩팥동맥에서 나온 모세혈관이 실뭉치처럼 뭉친 부분.
- 보먼주머니 : 사구체를 둘러싼 주머니 모양의 구조.
- 세뇨관 : 보먼주머니에 연결된 가느다란 관으로 모세혈관이 감싸고 있음.

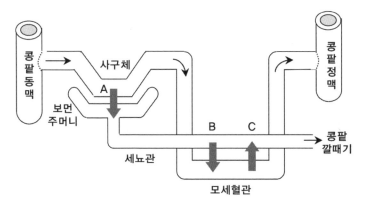

정으로, 크기가 큰 단백질, 혈구 등은 사구체에서 보먼주머니로 이동하지 못하고 물, 요소, 포도당과 같은 작은 물질이 보먼주머니로 빠져나간다. 재흡수(B)는 여과액이 세뇨관을 지나면서 포도당, 물 등 몸에 필요한 물질이 모세혈관으로 다시 이동하는 과정이다. 분비(C)는 마지막까지 여과되지 않고 혈액에 남은 요소와 같은 노폐물을 모세혈관에서 세뇨관으로 다시 내보내는 과정이다. 이 중에서 어느 하나라도 문제가 생기면 소변에 바로 그 증상이 나타나고, 소변에 이상이 생겼다는 것은 건강에 적신호가 켜졌다는 뜻이다.

소변을 채취하면 가장 먼저 베네딕트 반응을 확인한다. **베네딕트 반응으로 소변에 포함된 당을 측정해서 당뇨병 여부를 확인**할 수 있기 때문이다. 베네딕트 반응은 중탕으로 살짝 가열해야 한다. **당 성분이 많을수록 '파란색 → 청록색 → 황색 → 황적색' 순으로 색이 변한다.** 색깔을 확인해 보니 다행히 당뇨는 아니었다.

시원하게 소변을 본 녀석들은 서로 장난을 치며 놀더니 아늑하게 마련된 우리로 들어가서 잠이 들었다. 건강하게 놀고 자는 모습까지 확인한 뒤에야 우리는 축사에서 나왔다. 탐사대는 떠난 지 오래였다. 통신으로 위치를 확인하고 뒤늦게 그들을 따라 나섰다. 앞서간 탐사대가 남긴 표식을 따라서 빠른 걸음으로 이동했다. 그러면서도 우리는 새로운 동물이 있는지 확인하는 것도 잊지 않았다.

새로운 동물을 확인하는 방법은 간단하다. 바로 냄새다. 동물은 배설

을 한다. 특히 소변은 동물마다 독특한 특징을 드러낸다. 강아지들이 소변으로 자기 영역을 표시하고, 다른 강아지를 냄새로 구분하는 것은 후각에 시각 못지않은 다양한 정보가 담겨 있기 때문이다. 냄새 관측기는 다양한 동물의 냄새를 강아지만큼 세밀하게 파악해 내는 기능을 갖추고 있다. 여러 번 탐사를 나온 길이어서 다른 냄새는 측정되지 않았다. 먼저 떠난 탐사대를 30분 거리만큼 따라잡고서 잠시 휴식을 취했다.

간식을 먹고 볼일을 가볍게 보려는데 냄새 관측기에서 특이한 신호가 울렸다. 이제껏 만난 적 없는 새로운 동물이 있다는 걸 알리는 신호였다. 그런데 그 방향이 탐사대가 간 방향과는 달랐다. 나는 앞쪽 탐사대에 새로운 동물을 추적하겠다고 알렸다. 신호는 초원을 지나 울창한 숲속의 조그만 동굴로 이어졌다. 냄새가 나는 곳은 동굴 안쪽이었다.

혹시 맹수일지도 모르니 우리는 동물들이 싫어하는 파장을 내는 보호장비의 출력을 최대치로 높였다. 위급상황에 대비한 전기충격기도 손에 들었다. 손전등을 켜고 동굴 안으로 들어갔다. 긴장한 채 몇 걸음 들어가는데 손전등이 붉은 피를 찾아냈다. 피 바로 옆에는 가쁜 숨을 몰아쉬며 반듯하게 누워 있는 사람이 있었다. 아니, 자세히 보니 사람과는 달랐다. 예전에 유전학 시간에 배운 적 있는 클론[30]과 비슷했다.

---

30 클론

　동일하거나 거의 동일한 DNA를 지닌 개체를 다수 만드는 것을 클로닝(cloning)이라 하며, 그렇게 만든 개체들을 클론(clone)이라 한다.

아무튼 클론은 심각한 부상을 입은 상태였다. 작은 부상을 당한 친구를 치료한 적도 있고, 응급처치를 하는 법도 배웠지만, 이 정도로 심각한 부상은 본 적이 없었기에 우리는 그저 지켜볼 수밖에 없었다. 상처가 깊어서 폐와 갈비뼈, 횡격막이 겉으로 보였다.

코로 들어간 공기는 기관, 기관지를 거쳐 폐로 들어간다. **폐는 갈비뼈와 횡격막으로 둘러싸인 흉강 속에 들어 있다. 폐는 폐포로 이루어져 있는데, 폐포는 얇은 막으로 된 작은 공기주머니로 이루어져 있으므로 표면적이 넓어서 기체 교환에 효과적**이다. **폐는 근육이 없어서 스스로 운동하지 못하고, 횡격막과 갈비뼈의 움직임에 따라 흉강의 부피와 압력이 변하면서 호흡이 이루어진다.**

들숨일 때는 횡격막이 내려가고 갈비뼈가 올라간다. 그러면 **흉강의 부피가 증가하면서 압력이 낮아진다. 흉강의 압력이 낮아지면 폐의 압력도 낮아져 공기가 폐로 들어온다.** 즉 밖에서 밀고서 들어오는 게 아니라 안에서 압력의 변화로 외부의 공기를 빨아들이는 것이다.[31] **날숨일 때는 횡격막이 올라가고 갈비뼈가 내려간다.** 그러면 **흉강의 부피가 줄어들면서 압력이 높아진다. 흉강의 압력이 높아지면 폐의 압력도 높아져 공기가 폐에서 외부로 빠져나간다.**

---

31 횡격막과 호흡
호흡은 풍선을 부풀리듯이 밖에서 공기를 불어서 이루어지는 것이 아니다. 그림과 같은 구조에서 고무막을 아래로 당기면(횡격막 내려감) 유리병 내부의 압력이 내려가고(흉강의 압력 감소), 그로 인해 외부 공기가 빨려들면서 풍선이 부풀어 오른다. 반대로 고무 막을 위로 올리면(횡격막이 올

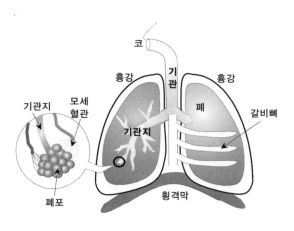

구분	횡격막		갈비뼈	흉강		공기	폐
				부피	압력		
들숨	내려감	+	올라감	증가 →	감소	흡입	팽창
날숨	올라감	+	내려감	감소 →	증가	배출	수축

라감) 유리병 안의 압력이 올라가고(흉강의 압력 증가), 그로 인해 풍선의 부피가 줄어들면서 공기
가 빠져나간다.

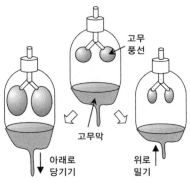

의료수업 시간에 배웠던 호흡 과정을 죽어가는 생명체, 그것도 인간의 유전자를 조작해서 만들어낸 클론을 통해 직접 보는 것은 정말 끔찍했다. 피가 빠져나가면서 호흡이 점점 약해지고 횡격막의 움직임도 둔해졌다.

잉크스 저게 뭐지?

잉크스가 손전등으로 비추는 곳을 봤다. 허벅지 뒤편에 날카로운 칼날이 박혀 있었다. 그러고 보니 가슴의 상처는 둔탁한 무기나 사고에 의한 것이 아니었다. 탈출한 클론을 향해 예리한 무기로 공격하는 장면이 떠올랐다.

클론의 호흡은 점점 약해졌다. 호흡이 끊기면 생명도 끊긴다. 그것은 호흡이 생명에 필수인 산소를 흡입하여 에너지를 생산하고, 생산의 부산물인 이산화탄소를 외부로 내뱉는 활동이기 때문이다. **호흡운동으로 공기가 폐 속으로 들어오면 폐포가 모세혈관에게 산소를 넘겨주고, 모세혈관으로부터 이산화탄소를 넘겨받는다.** 이산화탄소는 날숨일 때 몸 밖으로 나간다. 모세혈관이 받은 산소는 순환계를 통해 전신의 세포로 공급된다. 산소를 받은 모세혈관은 세포에게 산소를 넘겨주고, 세포로부터 이산화탄소를 넘겨받는다.

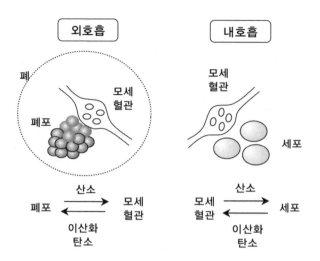

페포와 모세혈관 사이에 이루어지는 산소와 이산화탄소의 교환을 외호흡이라고 하고, **모세혈관과 세포들 사이에 이루어지는 산소와 이산화탄소의 교환을 내호흡**이라 한다.

들썩이던 가슴이 멈추고, 결국 클론은 숨이 멎었다. 나와 잉크스는 눈을 감고 잠시 애도를 표했다. 인간을 대표해 깊이 사죄했다. 그러고는 땅을 파고 클론을 묻은 뒤 흙과 돌로 무덤을 만들었다.

도대체 누가 클론을 만들었을까? 탈출한 클론을 왜 이렇게 잔인하게 공격했을까? 그 비밀을 반드시 파헤치겠다고 다짐했다.

* 다시, 에리스의 이야기 *

무르티와 잉크스가 품었던 의문의 답은 거의 같은 시각에 나와 인티라가 그 비밀 실험실에서 발견했다. 유전자조작 식물을 접하고 받은 충격은 그 뒤에 받은 충격에 비하면 아무것도 아니었다. 유전자조작이 기벼운 모래바람이라면 그것은 휘몰아치는 태풍이었다. 처음 그 광경을 보자마자 제2차 세계대전 때 일본 731부대가 저질렀다는 잔인한 생체 실험이 떠올랐다. 수십 개의 밀폐된 유리용기 안에 크기는 작지만 분명한 인간의 장기가 들어 있었다. 절반으로 절단된 심장도 마치 박제된 표본처럼 보관되어 있었다. 크기는 조금 작아도 분명히 인간의 심장이었다. 그림과 사진으로만 보던 우심방, 우심실, 좌심방, 좌심실이 눈앞에 있었다.

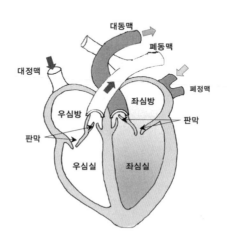

큰 유리용기 안에는 몸을 옆에서 절반으로 자른 상반신이 들어 있었는데, 인공적인 장치를 달아 심장을 뛰게 하고 혈액[32]도 순환시키고 있었다. 마치 살아 있는 인간의 순환계를 보는 것 같았다.

정맥과 연결된 **'심방'**은 혈액을 받아들이고, 동맥과 연결된 **'심실'**은 혈액을 내보낸다. **'판막'**은 혈액이 거꾸로 흐르는 것을 막아 한 방향으로 흐르게 한다. **'동맥'**은 심장에서 나가는 혈액이 흐르는 혈관으로 혈관 벽이 두껍고, 탄력이 커서 심장에서 강한 힘으로 뿜어져 나온 압력(혈압)을 견딘다. **'정맥'**은 심장으로 들어가는 혈액이 흐르는 혈관으로, 동맥보다 혈관 벽이 얇고 탄력이 약하다. 정맥은 피를 흐르게 하는 압력이 낮기 때문에 혹시나 혈액이 거꾸로 흐를 수 있으므로 이를 막아주는 판막이 있다. **'모세혈관'**은 조직세포와 여러 가지 물질을 교환하는데, 혈관 벽이 하나의 세포층으로 되어 있기에 **물질교환**이 원활하게 이루어진다.

대정맥을 타고 들어온 혈액은 **우심방**으로 들어온다. 우심방과 우심실 사이에는 **판막**이 있어 혈액이 역류하는 걸 막는다. **우심실**은 **폐동맥**을 통

---

32 혈액

혈액은 액체 성분인 혈장과 세포 성분인 혈구로 이루어져 있다.

- 혈장 : 약 90%가 물로 되어 있으며 영양소, 이산화탄소, 노폐물, 효소 등을 운반한다.
- 혈구 : 백혈구, 적혈구, 혈소판
  - 백혈구 : 식균(균을 잡아먹음) 작용을 통해 인체에 침입한 병원체를 제거한다.
  - 적혈구 : 가운데가 오목한 원반 모양으로 산소를 운반한다. 피가 붉은색인 까닭은 헤모글로빈이 적혈구에 들어 있기 때문이다. 혈구 중에서 적혈구의 수가 가장 많다.
  - 혈소판 : 상처가 났을 때 혈액을 응고시켜 출혈을 멈추게 하는 작용을 한다.

해 혈액을 **폐**로 보낸다. **폐**에서 이산화탄소를 내보내고 산소를 받아 깨끗해진 혈액은 **폐정맥**을 타고 **좌심방**으로 들어온다. 좌심방과 좌심실 사이에도 **판막**이 있어 혈액이 역류하는 걸 막는다. **좌심실**은 **대동맥**을 통해 온몸으로 혈액을 보낸다. 혈액은 몸 곳곳에 뻗은 **모세혈관**을 통해 영양분과 산소를 건네고, 이산화탄소와 노폐물을 받아서 **대정맥**을 타고 심장으로 돌아온다.[33]

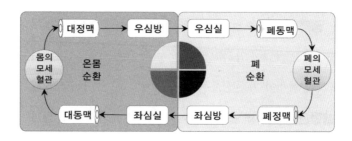

그 모든 과정이, 이론으로만 배웠던 혈액순환의 과정이, 바로 눈앞에서 보였다. 우리 몸은 촘촘하고 꼼꼼한 유기체다. 소화, 순환, 호흡, 배설

---

33 온몸순환과 폐순환

- 온몸순환 : 심장에서 나온 혈액이 온몸을 돈 뒤에 다시 심장으로 돌아오는 순환. 온몸의 조직세포에 산소와 영양소를 공급하고, 이산화탄소와 노폐물을 받아서 돌아온다.
- 폐순환 : 심장에서 나온 혈액이 폐를 거쳐 다시 심장으로 돌아오는 순환. 심장에서 나가 폐로 가서 이산화탄소를 내보내고 산소를 받아서 심장으로 들어온다.
- 세포호흡 : 산소와 영양소를 받은 세포들은 끊임없이 세포호흡을 하며 에너지를 생산한다. 세포호흡을 통해 얻은 에너지로 체온 유지, 성장, 운동 등 다양한 신체활동을 한다.

  (영양소 + 산소 → 이산화탄소 + 물 + 에너지)

은 서로 밀접한 관련을 맺으며 쉼 없이 움직인다. 그 움직임이 바로 생명 활동이다. 이 중 어느 하나라도 기능이 멈추면 생명은 죽음에 이른다. 죽음은 슬프고, 고통스럽고, 두렵다. 그런데 우리 앞에는 소화, 호흡, 배설은 완전히 제거해 버리고 오직 혈액순환만 하는 신체를 유지하는 장치를 해둔 것이다.

그 잔인한 장치 옆에는 혈액을 관찰하는 현미경이 있었다. 각 장기에서 떼어낸 세포를 배양하는 접시도 곳곳에 있었다. 실험하는 장치의 1/3이 세포와 관련된 것들이었다.

모든 물질이 원자로 이루어져 있듯이 모든 생명은 세포로 이루어져 있다. **세포는 생명의 기본 단위다. 모양과 기능이 비슷한 세포들이 모여 조직을 이루고, 여러 조직이 모여 특정한 기능을 하는 기관을 만들며, 관련된 기관들이 모여 일정한 기능을 담당하는 기관계**를 이룬다. 기관계가 모여 하나의 생명체가 된다. 사람은 소화계, 순환계, 호흡계, 배설계 등의 기관계가 모여 하나의 개체를 이룬다. 그런데 그곳은 그들이 원하는 개체를 만들기 위한 실험실이었다.

또 다른 실험실도 있었는데, 그곳은 잠겨 있어서 들어가지 못했다. 가장 중요한 비밀이 감춰져 있는 방 같았지만 어떤 방법을 써도 문이 열리지 않았다. 그렇지만 그곳에서 매우 중요한 비밀을 알아낼 수 있었다. 그것은 바로 '제우스', 그리고 '제우스의 아이들'이란 명칭이었다.

별의 아이들 안에서 음모를 꾸미는 조직의 이름은 '제우스의 아이들'

이었다. 제1지구에서 이 모든 음모를 기획하고 조종하는 조직이 바로 제우스였고, 그들이 진행하는 못된 일 중의 하나가 클론을 만드는 것이었다. 클론을 만들려는 목적도 어렵지 않게 짐작할 수 있었다. 중세의 연금술사들은 인조인간인 호문쿨루스('작은 인간'이란 뜻)를 만들어 마음대로 부려 먹는 노예로 쓰려고 했다. 제우스와 그 아이들이 클론을 만드는 이유도 그와 다르지 않을 것이다. 제1지구에서는 금지된 기술이, 이곳 제2지구에서 은밀하게 추진되고 있었다.

Memo

8

태양계와 탈레스의 예언

어느 정도 짐작하긴 했지만 내가 풀어나가야 할 과제는 생각보다 무섭고 지독했다. 클론이라니, 상상도 못 했던 전개였다.

에리스 우리는 제우스가 제1지구의 경제를 움켜쥐고 있는 몇몇 대 기업들의 모임일 거라고 추정하고 있어.

오로라 거대 기업들이 모여서 음모를 꾸민다…, 영화에서 흔하게 나오는 설정이네.

인티르 흔하다는 건 그만큼 가능성이 높다는 뜻이지.

무르티 에덴의 아침 프로젝트는 국가뿐 아니라 거대 기업들도 참여했어. 그들이 아무런 이득을 바라지 않고 이 프로젝트에 큰 돈을 쓰진 않았을 거야.

에리스 우리는 유전자조작 씨앗이 뿌려지는 걸 막고, 클론 개발을 막기 위해서 나쁜 짓인 줄 알면서도 단원들을 다 납치했어.

오로라 그걸 막으려고 납치했다는 거야? 그건 말이 안 돼. 나라면 그 실험실을 계속 지켜보면서 제우스의 아이들이 누군지 정확히 알아냈을 거야.

임카스 우리도 시도했어. 그렇지만 그들은 그 틈새로 드나들지 않았어. 그럼에도 실험은 계속 진행됐고. 그건 바로 그 방 때문이야. 그들은 우리가 열지 못하는 그 방 쪽으로 드나들었던 거야. 그들은 우리가 드나드는 틈새를 몰랐고.

인티르 계획이 임박한 건 알았는데 막을 방법은 없고, 그 실험실을 없앤다고 해도 또 다른 곳에 그들이 실험실을 운영하는지는 알 수 없고.

에리스 결국 우린 납치 외에는 방법이 없다고 결론을 내렸어.

무르티 납치를 한 이유는 하나가 더 있어. 갈레노가 연락해서 알게 됐는데, 그들이 에덴 16기지에서 채취한 어떤 것과 에덴 13 기지에 보관 중인 어떤 물질을 결합해서 웜홀에 걸린 제약을 풀려고 한다는 거야. 그리고 그 가능성을 확인하기 위해 곧 접촉한다는 사실을 알아냈어.

웜홀에 걸린 제약이란 바로 우주에서 태어난 아이들만 늙지 않고 웜홀을 통과할 수 있는 것을 말한다. 만약 그 제약이 풀리면 제1지구의 인간들이 대규모로 제2지구로 넘어올 것이고, 그 뒤에 펼쳐질 사태는 아무리 둔한 머리로도 충분히 예상할 수 있다. 만약 제우스가 웜홀을 통과하는 기술을 가지게 된다면 그 기술은 제1지구에서 가장 비싼 기술이 될 것이다. 그들은 제2지구를 철저한 식민지로 삼아서 제1지구에서 누리는 자신들의 부와 권력을 더욱 늘릴 것이다. 아니, 수많은 사람을 제2지구에 이주시켜 이곳에서 자신들만의 왕국을 건설할 것이다.

오로라   그게 가능해? 수많은 과학자들이 풀려고 했지만 풀지 못했는데….

에리스   그게 어떻게 가능한지는 모르겠어. 하지만 그들은 그게 가능하다고 믿고 있었어.

아이작   광물 X!

오로라가 동그란 눈을 크게 뜨고 나를 봤다.

에리스   광물 X라니?

아이작   설명하기 전에 물어볼 게 있어. 혹시 20일 전에 올림포스 우주기지에서 제7기사단이 어떤 광물을 훔친 적이 있어?

에리스   금시초문이야.

나는 그들의 말을 믿었다. 그들을 묶은 줄을 풀어주고 올림포스 우주기지에서 있었던 일을 자세히 설명했다.

아이작 너희들이 어쩔 수 없는 선택을 했다는 점은 인정해. 그래서 내가 한 가지 제안을 할게. 이곳을 떠나서 에덴 16기지로 가 있어.

오로라 16기지는 붕괴 위험이 있잖아?

아이작 아니, 괜찮아. 내가 자료를 조작해서 그렇게 된 거니까.

오로라 에이다를 속인 거야?

아이작 에이다는 사람이 아니야. 늘 자료를 바탕으로 판단하지. 입력되는 자료가 바뀌면 판단도 바뀌어. 에이다가 안전하다고 결론을 내릴 때까지 최소한 100일은 걸린다고 했으니까 우리가 이 문제를 해결할 시간은 충분해. 그러니까 너희들은 그곳에서 생활하되 절대 에이다에게 들키지 않도록 해. 내가 들키지 않게 생활할 수 있는 장소를 알고 있으니까 거기서 지내면 돼. 물론 조금 열악하겠지만.

에리스 우리는 열악한 데서 지내는 거 잘해.

아이작 잘됐네. 오로라, 어쩔 수 없어. 만약 제우스의 음모가 실현된다면 어떤 일이 벌어질지는 너도 알잖아.

오로라는 깊이 고민하더니 느리게 고개를 끄덕였다.

에리스 우리가 널 믿어도 될까?

아이작 나는 제우스의 아이들에 속하지 않아.

에리스 그 말이 아니야. 그들의 음모를 깨뜨릴 거라고 믿어도 되냐고.

아이작 당연히. 나와 오로라가 제우스의 아이들을 찾아낼 거고. 그들의 음모를 깨뜨릴 거야. 너희가 개입하면 일이 복잡해져. 난 너희들이 그냥 도망쳤다고 할 테니까, 지금 떠나. 생존에 필요한 물건들 챙겨서.

모든 것이 빠르게 진행되었다. 나는 에덴 16기지의 구조와 지낼 장소를 설명하고, 에이다의 눈을 피할 방법도 알려주었다. 그리고 비상시에 연락할 통로도 확보했다. 태양이 조금씩 석양으로 기울 때 에리스 일행은 갇혀 있는 동료들에게 음식을 전하고 섬을 떠났다.

오로라 갇혀 있는 사람들은 언제 구할 거야?

아이작 내일 아침에.

오로라 구한 뒤에는 데리고 13기지로 돌아가야겠지?

아이작 그러면 안 돼. 저들 중에는 제우스의 아이들이 있으니까.

오로라 양쪽이 만나면 안 되는구나. 그럼 어떡할 건데?

아이작   여기에 남아 있게 해야지. 이곳에서 당분간 생활할 물품은 충분하니까.

오로라   그들이 섬에 남아 있으려 할까?

아이작   어차피 26명을 태우고 떠날 배는 없어. 여기에 배는 한 척뿐이고. 저들은 16기지의 단원들이 13기지에 와 있는 걸 몰라. 그러니까 16기지에 가서 큰 배를 끌고 와야 한다고 하면 일단은 납득할 거야. 16기지까지 갔다가 돌아오는 시간이 최소한 12일이니까 그 정도는 의심받지 않고 여기에 묶어둘 수 있어.

오로라   같이 움직이자고 하면 어떡해?

아이작   그럼 더 좋고.

오로라   그게 왜?

아이작   그들이 바로 제우스의 아이들일 테니까.

오로라   통신기를 달라고 할 수도 있잖아.

아이작   도망간 녀석들이 훔쳐 갔다고 하면 돼. 어쨌든 우린 저들에게 구세주니까, 우리 뜻을 따를 수밖에 없어.

그들이 탄 배가 수평선 너머로 사라지는 걸 확인한 뒤에 우리는 몸을 돌렸다. 천천히 동굴을 향해 걸어가는데, 달이 태양을 가리는 일식 현상이 일어났다. 나와 오로라는 그 자리에서 일식을 구경했다. 물론 눈을 보호하는 안경을 쓰고. 일식을 지켜보며 나는 우리의 존재에 대해 생각했다.

우리는 우주에서 태어났다. 지구도 우주의 일부이니, 사실 모든 사람이 우주에서 태어났다고 할 수 있다. 그렇지만 제1지구에서 태어난 사람들은 자신이 우주에서 태어났다고 생각하지 못하고 산다. 우리는 모두 별의 아이들이다. **인간의 몸은 빅뱅 직후에 만들어진 수소, 항성의 핵융합으로 인해 생성된 산소와 철과 같은 물질, 그리고 초신성 폭발로 탄생한 무거운 물질들이 합쳐져 탄생했다**. 이처럼 생명을 이루는 모든 원자는 우주가 그 거대한 에너지를 쏟아서 만들었으며, 지구에서 새롭게 만들어진 원자는 없다.

나와 같은 별의 아이들은 태어나자마자 깊은 어둠을 만났다. 거의 모든 공간이 어둠이고, 푸른 별은 우리 아래에 늘 밝게 빛나고 있었다. 가볼 수 없는 곳, 그곳이 지구였다. 지구에서 보내온 소중한 물건들을 이용하면서도 우린 지구를 그저 메타버스에서만 가볼 수 있었다. 지구인과는 접촉이 일절 금지되었기 때문에, 오직 에이다를 통해서만 지구인을 간접 경험했다.

우린 지구 궤도를 도는 우주선에서 태어나 그곳에서 자랐다. 처음에는 지구만 바라보다 차츰 시선을 밖으로 돌렸다. 우리의 시선을 가장 많이 끄는 대상은 달이었다. 달은 계속 그 모습이 변했으며, 신비로웠다. 그 빛은 태양과는 또 다른 아름다움이었다.

달이 햇빛을 반사해 빛난다는 사실을 알았을 때 오히려 멋지게 여겨

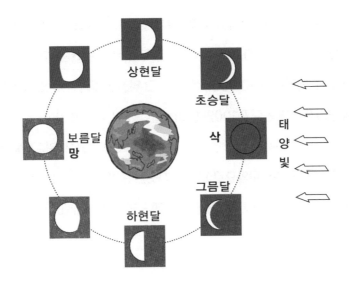

졌다. 그저 반사된 빛으로만 그렇게 아름다운 자태를 뽐내는 달은 참된 멋쟁이 같았다. 달은 위치에 따라, 한 달을 주기로 밝게 빛나는 모양이 계속 변했다. **삭에서 출발해 초승달, 상현달, 보름달(망), 하현달, 그믐달, 그리고 다시 삭**이 된다.

달은 태양과 짝꿍이었다. 모든 생명의 근원이자, 우리를 존재하게 하는 빛을 주는 항성, 태양! 둥글게 보이는 태양의 표면은 **광구**라고 하는데, 평균 온도는 **6,000℃**쯤 된다. 표면에는 쌀알을 뿌려놓은 듯한 **무늬(쌀알무늬)**가 있고, 크기와 모양이 다양한 검은 무늬도 보이는데 이를 **흑점**이라 한다. 흑점은 약 4,000℃로 주위보다 온도가 낮아 어둡게 보인다.

태양에도 대기가 있긴 하지만 지구와 달리 매우 희박하다. 평상시에는 안 보이지만 **달이 태양을 가리는 개기일식이 되면 태양의 대기가 보인다. 태양의 대기는 두 층으로 나뉘는데 광구 바로 위는 채층이라 해서 붉은색을 띠고, 두께는 약 10,000㎞쯤** 된다. 그 위로 진주색(청백색)의 코로나가 넓게 뻗어 있는데 온도가 100만℃ 이상일 정도로 매우 뜨겁다.

태양의 대기에서도 다양한 현상이 벌어진다. **광구에서 온도가 높은 물질이 불꽃이나 고리 모양으로 대기로 치솟는 홍염**이 생기기도 하고, **흑점 부근에서 폭발이 일어나 채층의 일부가 매우 밝아지는 플레어** 현상이 일어나기도 한다.

태양은 모든 생명의 어머니다. 식물이 햇빛으로 광합성을 하고, 동물은 식물이 만들어낸 포도당을 에너지로 하여 살아간다. 즉 우리는 태양빛을 먹고 산다. 그런 태양은 우리를 살아가게 하는 원천이지만, 다른 한편으로는 우리를 위협하는 가장 위험한 원천이기도 하다. 태양에서 분출된 태양풍은 엄청난 입자를 분출하고, 이 입자가 지구에 들이닥치면 지구에는 아무런 생명도 살 수가 없다. 다행히 **지구 자기장이 이 태양풍을 막아주기 때문에, 지구에 생명이 살아갈 수 있는 것이다.** 흑점의 수가 많아지면 홍염이나 플레어가 자주 발생하고, 코로나가 커지면서 태양풍이 강해진다. 그럴 때면 우주기지엔 경고가 울린다. 지구와 주고받는 통신에도 장애가 생긴다. 지구 자기장이 교란되어 자기폭풍이 발생하면 **북극과 남극에는 찬란하고 아름다운 빛의 축제가 벌어지는데, 그것이 바로 오로라다.** 오로라는 극지방에서 펼쳐지는 아름다운 연주다. 그래서 내 친구 오로라는 자기 이름을 무척 좋아한다.

지표면에서 보는 일식과 대기권 밖에서 보는 일식은 느낌이 다르다. 불타는 원 앞을 검은 원이 지나가며 잠깐 빛이 사라지는 순간, 우주는 교향곡처럼 찬란한 음악을 연주한다. **태양과 달과 지구가 일직선이 되는 그 순간에 벌어지는 일식**은 그 어떤 음악가의 화음도 따라갈 수 없을 만큼 신비롭다. 특히 달이 **태양을 완전히 가리는 개기일식**이 일어나면 우주가 찬란한 어둠과 별빛으로 뒤바뀐다. 또 **달이 태양의 일부를 가리는 부분일식**은 어긋난 합주를 듣는 것 같아 약간 귀여우면서도 즐겁다. **태양과 지구와 달이 일직선을 이루면, 달이 지구의 그림자 속으로 들어가는 월식**이 일어난다. 그 순간에는 은은한 달빛도 우주의 어둠 속에 갇힌다.

이처럼 태양과 달에 주로 눈이 가지만, 우리의 시선은 지구의 형제들인 수성, 금성, 화성, 토성, 목성, 천왕성, 해왕성에도 자주 머물렀다. 마치 같은 인간이지만 서로 만나지 못하는 우리와 지구인의 관계 같았다. 맨눈으로 볼 때와 망원경으로 볼 때의 느낌이 참 다르다. 맨눈으로 볼 때는 그리움에 젖어들지만, 망원경으로 볼 때는 사람이 살 수 없는 아름다움에 경외감을 느낀다. 그리고 해왕성을 넘어 먼 우주를 볼 때면 더욱 외롭다.

지나온 시간을 떠올리는데, 일식이 끝나갔다. 문득 우리의 오래전 조상들이 일식을 보며 어떤 생각을 했을지 떠올렸다. 조상들은 저 일식을 보며 두려워하고, 신을 생각했다. 달의 변화를 보고 달을 관장하는 신이 있다고 믿었고, 밤하늘을 수놓는 별들을 보며 어떤 영혼을 지닌 존재를 상상했다. 그러면서 신화를 만들고, 농사를 짓고, 문명을 일궈냈다. 그러다 태양계를 도는 행성들도 알아내고, 지구가 평평하지 않고 둥글다는 것도 알아냈다.

그 옛날 **에라토스테네스**[34]는 뛰어난 지혜로 인공위성을 이용하지도 않은 채 지구의 둘레를 계산해 냈다. **탈레스**는 인공위성이나 최첨단 장비

---

34 에라토스테네스의 지구 둘레 계산 방법

- 가정 : ① 지구는 완전한 구형이다. ② 지구로 들어오는 햇빛은 평행하다.

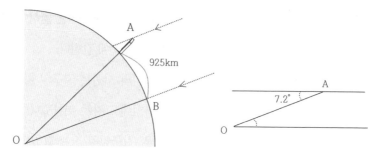

∠A와 ∠O는 엇각으로 크기가 서로 같다.
∠A가 7.2°이므로 ∠O도 7.2°다.
중심각 : 360° = 호 : 원의 둘레
7.2° : 360° = 925km : 지구 둘레
360°×925km = 7.2°×지구 둘레
지구 둘레 = (360°×925km)÷7.2°   * 지구 둘레 = 46,250km

⇒ 에라토스테네스가 구한 지구 둘레는 약 46,250km다. 실제 지구 둘레는 평균적으로 약 40,075km다. 에라토스테네스가 측정한 A와 B 지점은 같은 경도에 있지 않았고, 거리 측정도 정확하지 않았다. 그러나 방법은 정확했다. 지구는 지름이 균일하지 않고, 적도와 극지방 사이의 거리가 다르기 때문에, 둘레도 지역에 따라 약간의 차이가 있다. 적도는 둘레가 더 길고, 극지방에 가까워질수록 둘레가 짧아진다.

도 없이 단지 자연을 관찰해 계산만으로 일식을 예측했다. 조금 더 지나자 인류는 지구가 우주의 중심이 아니라 자전을 하면서 태양을 공전한다는 사실도 알아냈다. 그리하여 마냥 신기하게 여기던 일식과 월식도 지구가 돌고 달이 도는 데 따른 현상이라는 걸 알게 되면서 두려움에서 벗어났다. 이후 **달의 크기를 계산하는 방법**[35]도 어렵지 않게 알아냈다. 그리고 로켓을 만들고, 우주를 탐색하는 위성을 쏘아 올리는 기술을 개발하여 드디어 신의 영역이라고 믿던 우주공간으로 진출했다.

그렇게 긴 시간의 발전을 거쳐 지금 이 자리에, 자신이 낳고 자란 행성을 벗어나 새로운 행성에 발을 디딘 존재, 그게 바로 우리다. 그렇기에 우리는 그 누구보다 축복받은 인간이다.

암담하고 막중한 과제 앞에서 나는 탈레스처럼 과학을 이용해 우리의 미래를 예측하고 싶었다. 미래에서 비극이 아니라 희망을 찾고 싶었다. 물론 그런 과학은 없다. 일식은 계산으로 정확히 예측할 수 있지만,

---

35 달의 크기

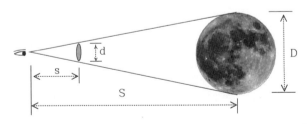

- 동전까지 거리 : 달까지 거리 = 동전의 지름 : 달의 지름
- 달의 지름 : 약 3,500㎞, 지구의 지름 13,000㎞ (달의 지름 지구의 1/4)

인간의 미래는 계산으로 알아내지 못한다. 인간은 자신의 선택에 따라 전혀 다른 미래를 맞이하게 된다. 나는 지금 어떤 선택을 해야 할까? 어떻게 해야 절망이 아니라 희망을 현실로 만들어낼 수 있을까? 일식은 나에게 참 많은 생각을 하게 했다.

그다음 날, 우리는 약간의 연극을 했다. 치열한 다툼이 벌어진 끝에 납치범들이 배를 타고 도망친 것처럼 꾸몄다. 그들은 내 말을 순순히 믿었다. 따라오겠다는 사람이 나타나길 은근히 바랐지만 아무도 그러지는 않았다. 모든 게 내 뜻대로 되었다.

배를 몰아서 13기지로 향했다. 납치범들의 흔적을 찾아 근처를 수색했지만 실패했다는 핑계를 준비하고 가는데, 에이다로부터 연락이 왔다. 에이다는 우리에게 새로운 지시를 내렸다. 그 지시에는 내가 무척 궁금해하던 정보가 들어 있었다.

이제 진짜 싸움이 시작됐다. 그리고 나는 이 싸움의 끝에, 어떤 숙명과도 같은 결정을 내리는 순간이 닥쳐올 것이라고 예감했다.

(과학추리단 이야기는 제3권으로 이어집니다.)